백만장자와 수도승

— ✦ — 삶의 의미에 대한 진실한 이야기 — ✦ —

백만장자와 수도승

율리안 헤름젠 지음 | 윤순식, 윤태현 옮김

(주)교학도서

차례

1부

해야 할 일 목록

나는 불행했다.

사무실에 있는 인쇄기에서 조용히 '위~잉' 거리는 소리가 나더니 종이 한 장이 인쇄되었다. 이틀 뒤 출발 예정인 태국행 왕복 항공권이다. 3주 동안 태국에 있는 불교 사원에서 휴식과 안정을 취하려고 한다. 내 비서인 린다는 예전부터 나의 계획에 부채질했다.

"안드레아스! 당신은 정말 휴식이 필요해요. 지금 탈진된 상태와 다름없어 보여요!"

린다를 포함한 직원들이 내게 경고하는 목소리가 머릿속에서 메아리쳤다.

'이제 딱 하루만 더 출근하면 비행기를 타고 먼 길을 떠나게 되겠군.'

이렇게 생각하면서 마지막 휴가가 언제였는지 기억을 더듬어 봤다. 무려 4년 전이었다며 꽤 오래 지났음을 깨닫고 혼잣말로 중얼거렸다. 어쩌면 직원들의 말이 옳은 것 같기도 하다. 독일은 아직 추웠고, 태국의 햇볕은 번아웃에 빠진 나에게 새로운 에너지를 줄 것 같다고 생각했다. 나는 인쇄된 항공권의 점선을 따라 접고 또 조심스럽게 그 부분을 잘랐다. 그리고 '태국'이라고 크게 씌어 있는 파일의 첫 번째 칸에 출발 티켓을 끼워 넣었다. 파일의 아랫부분에는 전통적인 주황색 승복을 입은 수도승이 신주 사당을 향하여 가부좌로 손을 얼굴 앞에 모으고 기도하는 모습이 눈에 띄었다.

'내가 없어도 우리 회사가 잘 굴러갈 수 있겠지? 내가 없는 동안 대리인이 업무를 제대로 해놓지 않으면 어떻게 하지? 나는 왜 떠나려는 것이지?'

이렇게 저렇게 걱정하며 나는 휴대폰을 집어 들고 내 대리인인 베른스 부인에게 전화를 걸었다.

"안드레아스! 지금 일요일 저녁이야. 제발 전화를 끊어!"

베른스 부인의 전화 응답을 기다리는데 갑자기 환청이 들리는 것 같았다. 부끄러운 마음에 급히 전화를 끊고 휴대폰을 책상 위에 뒤집어 놓았다. 재빨리 나는 달력을 꺼내 다음날 일정을 메모했다.

'베른스 부인과 미팅/ 추후 3주간의 업무 내용 논의',

이어서 노트북을 열고 급하게 이메일을 쓰기 시작했다.

'수신자: 루이제 베른스', '제목: 부재중 요청 업무', 첫 문장을 '안녕하세요, 베른스 부인'이라고 쓰기 시작하는데, 옆에 놓인 커다란 수도승의 그림이 그려진 태국행 파일에 시선이 갔다. 내가 지금 뭐 하는 건지 회의감이 들어서 이메일을 쓰던 창을 끄고 그대로 노트북을 닫았다.

'휴식과 안정을 취하는 게 더 낫겠구나….'

스스로를 안정시키며 다음과 같이 중얼거렸다.

'3주 뒤면 어차피 다시 돌아올 테고, 태국에서도 휴대폰으로 업무를 지시할 수 있으니까 크게 걱정하지 말자….'

어느 정도 차분해진 나는 커다란 더블 침대에 누워 생각에 잠겼다.

'내가 원하던 것은 다 얻은 거 같은데…, 으리으리한 저택과 수많은 럭셔리 자동차, 최고로 비싼 양복, 전속 집사와 운전기사 등…, 근데 왜 나는 아직도 행복하지 않은 걸까?'

다음날도 평소와 같은 하루가 시작되었다. 정확히 새벽 5시 30분에 알람이 울렸다. 매일 아침 가장 먼저 눈에 들어오는 것은 천장 아래 걸려있는 커다란 직사각형 액자다. 액자 속에는 뒤에서 조명이 비추는 글자가 이렇게 쓰여 있다.

돈으로 무너뜨릴 수 없는 요새는 없다. - 키케로

'뭐, 어때. 아무래도 괜찮아.'

나는 키케로의 명언을 다시 읽고 인상을 찌푸리며 침대 가장
자리로 다리를 뻗어 똑바로 앉았다. 오래전부터 느끼고 있던 통증
이 온몸으로 퍼졌다.

'쉰 살이 되면 다 그렇게 되는구나'하고 생각하다가 문득 시선
을 휴대폰으로 향했다. 새 이메일 17개가 아직 어둠을 받아들이
지 못한 내 눈에 들어왔다. 나는 심호흡을 크게 하고 고릴라처럼
두 주먹으로 가슴을 치며 안방 침대에서 일어났다. 침실 문까지의
거리는 대략 20미터였는데, 부드러운 카펫 덕분에 나는 매일 아
침 새로운 기분으로 걸어갈 수 있다. 나는 위층 복도를 가로질러
바로 맞은편에 있는 욕실로 향했다. 오른쪽 마지막에 있는 욕실의
문이 약간 열려있다.

나는 그 앞에 잠시 멈춰 서서 어두운 색상의 커다란 목재 문
을 바라보았다. 대문자로 'LARA'라고 적혀 있다. 딸의 이름이다.
4년 전 아내와 이혼한 뒤, 라라 역시 자신만의 길을 찾아 떠났고,
지금은 뉴욕에서 공부하고 있다. 딸이 뉴욕 컬럼비아 로스쿨에서
공부할 수 있게 금전적으로 지원해 준 기억을 떠올리면서

해야 할 일 목록

'또 돈으로 할 수 있는 것이 뭐가 있을까?'라는 생각을 하며 뿌듯함을 느꼈다.

"알렉사, 욕실 불을 켜줘!"

나는 거울 옆 탁상에 있는 흰색의 작은 스피커에 말했다. 욕실 불이 바로 켜졌다.

"모든 여자가 이렇게 복잡하지 않다면 참 좋으련만!"

한 번 웃고, 정해진 나의 아침 일정을 따르기 시작했다. 샤워부터 시작해서 면도하고, 보디로션을 바르고, 머리를 말리기까지가 나의 아침 루틴이다. 이후 벨벳처럼 부드러운 커다란 수건으로 배꼽 아랫부분까지 감싼 채 욕실을 나와 옷장이 있는 방으로 갔다. 황금색 놋쇠 문고리를 잡자, 방 안에 인기척이 느껴졌다.

"마르타?"

나는 방 안쪽을 향해 낮은 목소리로 단호하게 불렀다.

"안드레아스 씨, 죄송합니다. 오늘 늦잠을 자서 지금에서야 옷장에 양복을 걸어뒀습니다. 이제 막 정리가 끝나서 나가려던 참이었어요."

문이 조심스럽게 살짝 열렸고 마르타가 걸어 나왔다. 그녀는 16년째 집안일을 해 주고 있다. 나는 그녀 없이 지내고 싶지는 않았다.

"전혀 미안해할 필요 없어요."

진심을 담아 말하면서 나는 마르타의 어깨를 가볍게 두드렸다. 나는 평소 아끼는 양복을 입고 옷방을 나와 구부러진 나선형 계단으로 아래층에 내려왔다. 계단 옆에 있는 타원형의 커다란 창문으로 햇볕이 들어왔고 신선한 커피와 오렌지 주스 향, 그리고 오븐에서 막 구운 크루아상 빵 냄새가 풍겼다. 마르타가 차려 놓은 음식이 풍기는 냄새만으로도 내가 얼마나 잘 지내고 있는지 확신하게 되었다. 나는 평소처럼 5분 만에 아침을 다 먹었다. 마르타는 외투와 서류 가방을 내게 주었고, 휴가를 떠나기 전 마지막 근무를 잘하고 오라며 행운을 빌었다. 나는 커다란 현관문을 열고 정원으로 걸어 나갔다.

입구의 좌·우측에 있는 사자 머리 동상 위로 아침 햇살이 비친다. 햇살 때문에 눈을 제대로 뜨지 못했지만, 정원 한가운데에서 커다란 분수대 주위를 돌아 내가 있는 곳으로 다가오는 진한 청색의 마이바흐[*]가 보였다. 나는 계단을 내려가 자동차 우측 뒷좌석 문이 내 앞으로 올 때까지 기다렸다. 운전자석 문이 빠르게 열리고 요헨이 내렸다. 요헨은 나의 운전기사이자 내가 가장 믿을 수 있는 사람이다.

"요헨, 그냥 앉아있어요."

---

* 독일의 자동차 제조사인 메르세데스-벤츠의 럭셔리 서브 브랜드 자동차

나는 요헨에게 인사하고 내가 직접 문을 열었다. 여느 때 아침처럼 깔끔하게 청소된 나파 가죽에서 은은한 바닐라 향이 풍겼다. 나는 부드러운 가죽 의자에 등을 기대고 눈을 감았다. 내 휴대폰에서는 미국 록 밴드 첨바왐바의 노래 '팁썸핑*Tubthumping*'의 한 구절인 "나는 쓰러져도 다시 일어나지. *I get knocked down, but I get up again*"이 흘러나왔다. 그런데 갑자기 벨이 울리는 바람에 잠깐의 휴식 시간이 그만 깨져버리고 말았다. 휴대폰 화면을 보니 '발신자 번호 제한'으로 걸려 온 전화였다.

"네, 안드레아스 베르거입니다."

약간 귀찮은 말투로 대답했다. 하지만 아무런 대답이 없다. 그래서 짜증을 내며 전화를 끊었다.

"정말 웃기는군."

나는 화가 나서 휴대폰 번호를 바꿔버려야 하나 진지하게 고민했다. 운전기사 요헨은 백미러로 나를 흘깃 쳐다보더니 진입로 끝부분에 있는 커다란 대문으로 차를 몰았다.

몇 분 동안 조용히 달리다가 이윽고 우리는 4차선 교차로에 도착했다. 요헨은 우측 깜빡이를 켜고 오른쪽 차선으로 진입한 후 빨강 신호등 앞 정지선에 멈췄다. 차가 멈출 때 그의 모습을 보니 걱정스러워하는 기색이다. 요헨은 백미러를 통해 나를 여러 번 쳐다보며 눈치를 보았다. 회사 출근길은 매일 같이 차가 막혔다.

"여긴 정말 엉망이야. 매일 아침 똑같아. 도대체 다들 어디를 가는 거야, 젠장!"

나는 순간 참지 못하고 욱하며 화를 냈다.

"베르거 씨, 어쩔 수 없습니다."

요헨은 나를 진정시키려고 했다. 하지만 그의 목소리에는 내 기분이 나아질 거라는 기대는 애초에 없는 듯했다. 나는 화가 치밀었다. 교통 체증 때문에, 차들 때문에, 또 그 차를 타고 있는 모든 사람 때문에, 특히 지금 이 시각에도 쇼핑하거나 아니면 보험설계사로서 일하기 위해 중형차를 몰지 않으면 안 되는 사람들 때문에.

"내 전용 차로를 가지든지 해야지, 이거 원."

뒷좌석에서 화를 내며 투덜거렸다. 나는 내 인생과 내가 가진 모든 것이 다른 사람들 것보다 더 중요하다고 생각했다. 요헨은 조용히 운전만 했다. 내가 출근길에 차 안에서 자주 화를 낸다는 것에 꽤 익숙한 느낌이다. 화가 난 나는 혼자 있고 싶어서 가운데 콘솔 박스에 있는 차량 칸막이 버튼을 눌렀다. 앞좌석과 뒷좌석 사이에 검은색 칸막이벽이 위로 윙~하고 올라왔다. 교통 체증을 뚫고, 몇 분이 지나자 차는 다시 속도를 내며 달렸다.

15분 후, 요헨은 부드럽게 차를 몰아 회사 구내로 들어갔다. 경비는 우리가 오는 것을 멀리서 보고 차량 차단기를 조절해 우리 차가 주차장으로 들어갈 수 있게 해 주었다. 요헨은 중형차 몇 대만드문드문 주차된 입구 쪽 6개의 긴 주차 열을 익숙하게 지나쳤다.

'이제 겨우 6시 30분.'

나는 나 자신을 위해 상황을 정리했다. 건물 꼭대기에 대문자로 내 이름이 적혀 있는 회사 건물 주차장에서 '대표'라고 쓰인 팻말 있는 곳에 차를 댔다. 대표인 나를 위한 주차 공간이다. 나는 차에서 내려 운전석 문 앞에서 요헨에게 고맙다는 몸짓을 하며 이제가 봐도 된다는 의미로 고개를 살짝 끄덕이고 회사로 들어왔다.

+

내 세상에 도착했다. 유리로 된 두 개의 미닫이문이 스르르 열렸다. 회사 안으로 들어서자 '환영합니다!'라는 글귀가 쓰인 현관 매트가 눈에 띄었다. 현관 매트는 입구의 바닥 전체에 깔려 있다. 여느 때처럼 나를 맞이하는 비서가 한발 뒤에서 나를 따라왔다.

"좋은 아침입니다, 베르거 씨."

그녀는 친근하게 미소를 지으며 내게 인사했다. 나는 빠른 걸음으로 긴 리셉션 구역을 걸어가 엘리베이터를 탄 후 안쪽에서 엘리베이터 문을 닫고 13층을 눌렀다. 13층에 도착하자 스르르 열린 문을 통해 엘리베이터에서 내렸다. 통유리를 배경으로 올리브나무와 현대적인 미술품으로 사랑스럽게 꾸며 놓은 회의실을 지나 사무실에 들어갔다.

나는 내 사무실을 좋아한다. 약 50제곱미터에 달하는 방 한가운데에는 커다란 마호가니 책상이 놓여 있다. 벽에는 대부분 내 사진과 정치, 스포츠, 경제계 유명 인사들의 사진이 액자로 장식되어 있다. 나는 갈색 송아지 가죽으로 된 의자에 앉아 노트북을 켜고, 알림을 확인했다. '오전 7시: 분기별 실적 보고'라는 알림이 나를 반겼다.

내 비서 린다가 사무실 문 앞에 나타났다.

"좋은 아침이에요, 안드레아스!"

그녀는 나를 보고 환하게 웃으며 인사했다.

"좋은 아침이네요, 린다."

나는 여유만만하게 대답했다.

"여기 커피와 신문을 준비해 뒀습니다. 밤새 온 메일들은 다 확인했고 각 담당자에게 전달했습니다. 늘 그렇듯 업무를 체크할 수 있게 '참조'에 링크해 놓았습니다. '베를린' 회의실에서 7시에 미팅이 예정되어 있습니다. 더 필요한 게 있을까요?"

그녀는 능숙하게 보고했다. 나는 보고 받는 것을 좋아했는데, 모든 일이 순조롭게 진행되어야 마음이 놓였기 때문이다.

"정말 고마워요, 린다. 오후 1시 30분에 팀장급 전체 회의를 소집해 주세요."

해야 할 일 목록

"네, 거의 다 처리했습니다."

그녀는 친절하게 답하며 등을 돌리고 다시 그녀의 자리로 돌아갔다.

'거의 다 처리했다고?'

그녀의 답변이 내 머릿속에 맴도는 동안, 일을 제대로 처리하지 못하면 내가 얼마나 고통스러워할지 온갖 상황을 떠올렸다.

'업무가 처리되면 그냥 바로 보고해 줘!'라고 말하고 싶었지만 혼자서 생각만 했다. 그러자 내 안에서 약간의 분노가 치밀어 올랐다. 이 회사는 내가 수년간에 걸쳐 시간과 땀, 에너지, 그리고 많은 돈을 투자해서 온전히 나 혼자 일으켜 세웠다. 엄격한 규칙과 규율 그리고 열정으로 회사를 일으켰다고 나는 자신 있게 말할 수 있다.

부서장들과의 분기 실적 보고 회의는 만족스럽게 진행됐다. 모든 부서의 수익이 지난 분기에 비해 4% 이상 증가했다.

그런데도 체스닉 팀장이 수익을 발표할 때는 분노를 담아 '왜 24%가 아니지?'라고 메모한 것을 발견했다. 오늘 아침 비어트샤프츠보케*에서 일론 머스크 대표가 10억 유로 이상 벌었다는 기사를 읽었다. '일론 머스크는 엄청 행복할 거야, 분명히.' 나는 부자

---

* Wirtschaftswoche, 독일 경제지

였으며, 심지어는 다른 이들도 나를 엄청난 부자라고 말한다. 그런데도 나는 개인 전세기가 있는 삶을 꿈꾼다. 일론 머스크는 이미 전세기 한 대쯤은 있을 거라는 생각에 불쾌함을 느꼈고, '해야 할 일 목록'에 '태국에서 수익 극대화를 위한 새로운 동기 찾기'라고 적었다.

베른스 부인을 포함한 전체 팀장들과 진행된 오후 1시 30분의 미팅은 매우 불만족스러웠다. 나는 지난 24년간 늘 지켰던 사무실에 내일부터 3주 동안 오지 않겠다고 다시 한번 공표했다. 직원들의 반응은 다양했다. 이해하기도 하고, 기뻐하기도 하고, 안도감을 느끼기도 했다. 하지만 그 누구도 대표가 3주간 자리를 비운다면, 회사에 어떤 리스크가 생기게 될지 말하지 않았다.

"혹시 예상치 못한 일이 발생하면 언제든 연락해 주세요. 휴대폰은 밤낮으로 계속 켜 둘 예정입니다."

언짢은 심정으로 팀장들에게 말했고, 이후 팀장들이 일사불란하게 모두 회의실을 나섰다.

"그럼 3주 후에 뵙겠습니다."

임원에게 말을 하면서 최소한 한 명 정도는 나의 존재를 그리워하지 않을까 속으로 기대했다. 그때까지 나는 내가 약속했던 일정이 계획대로 이루어지지 않을 거라는 걸 전혀 몰랐다.

나머지 일과는 평소와 똑같이 진행되었다. 수많은 전화, 넘치는 이메일, 검토해야 할 수치들, 그리고 CCTV 열람까지. 이런 것들이 나의 일상이다. 밤 10시쯤 비서 린다가 내 방에 들어와 다소 놀란 목소리로 물었다.

"안드레아스, 아직도 여기에 계시나요?"

"린다, 나는 3주간의 업무를 미리 해야 해요."

나는 이해할 수 없다는 듯 비난 섞인 목소리로 이어 말했다.

"솔직히 말하면 제가 휴가를 가도 되는지 잘 모르겠군요. 제가 없어도 회사가 제대로 굴러갈까요? 회사는 저를 필요로 할 것 같은데요."

그러자 린다가 미소를 지으며 내 책상 쪽으로 천천히 다가왔다.

"안드레아스, 여기 있는 우리는 모두 당신이 앞으로 24년 동안 회사를 잘 이끌어 주길 바라고 있어요. 당신은 정말로 휴식이 필요해요. 제가 출근하면 어떤 일이 있었는지 매일 보고드리겠습니다. 약속할게요."

나는 별로 믿음이 가지 않았다. 하지만 이미 티켓은 사 두었고, 내 노트북, 태블릿, 그리고 메모장도 같이 짐에 넣었다. 큰 문제는 없으리라 생각했지만, 이 생각에 확신이 서지 않았다.

"린다, 요헨을 부르세요. 이제 출발할게요."

"이미 아래에서 대기하고 있습니다."

린다가 답했다.

'직원들이 모두 린다처럼 일을 처리한다면 나는 걱정을 덜 수 있을 텐데….'

나는 린다와 인사를 나눈 후 엘리베이터를 타고 1층으로 내려왔다. 그리고 희미한 조명 아래 텅 빈 리셉션을 지나 밖으로 나갔다. 요헨이 따뜻한 미소로 나를 맞았고 미리 차 문을 열어 두었다. 내가 자리에 앉자, 마이바흐는 움직이기 시작했다.

"요헨, 잠시만 멈추세요!"

내가 갑자기 명령하듯 말했다. 차가 멈췄고, 나는 뒤를 돌아보며 마지막으로 내 회사를 자랑스러우면서도 우울한 표정으로 바라보았다. 건물 꼭대기에 대문자로 적혀 있는 내 이름이 절묘한 타이밍에 은은한 붉은색을 띠며 빛나고 있다. 내 인생에서 이 광경을 다시는 보지 못할 것이라고는 단 한 번도 생각해 본 적이 없다.

"요헨, 고마워요."

요헨은 내 말을 이해하고 다시 운전하기 시작했다.

남은 하루의 시간은 별일 없이 흘러갔다. 이미 여행 가방은 다 싸서 측면 복도에 얌전하게 세워 두었다. 여행 가방에는 쪽지가 한 장 붙어 있었다.

'안드레아스, 편안한 휴가를 보내시길 바랍니다. 집안일은 제가 잘할 테니 걱정하지 마세요. 마르타 드림.'

마르타는 이미 자기 집으로 돌아가 우리 집은 텅 비었다. 계단

해야 할 일 목록

의 희미한 간접 조명은 복도에 많은 것을 비추고 있어서 나는 내 집의 크기를 파악할 수 있다. 바지 주머니에 손을 넣고 천천히 빈 방들을 둘러보다 약간의 공허함을 느꼈다. 순간 '아내와 딸이 보고 싶다'고 생각했지만, 이내 그 생각을 떨쳐버렸다.

"이것은 성공의 대가일 뿐이야!"

나는 커다란 공허함으로 책망하듯 허공에 외쳤다. 이 월요일 저녁까지만 해도, 며칠 후 내가 사물에 대해 완전히 새로운 관점을 갖게 될 것이며 더 이상 내가 성공했다고 말할 수 없게 되리라고는 전혀 예상하지 못했다.

+

4월의 어느 화요일 아침.

평소보다 3시간 일찍 일어난 것을 제외하면, 최근 몇 년간의 아침과 똑같이 시작되었다. 마르타가 하루 전에 아침을 준비하여 식탁에 차려 놓았다. 나는 서둘러 식사를 마치고, 고급 양복을 갖추어 입었다. 그리고 현관 입구에 서서 요헨이 여행 가방 세 개를 마이바흐에 싣는 모습을 지켜보았다. 밖은 아직 어두웠고, 4~5℃ 정도로 꽤 서늘했다. 나는 현관문을 닫고 차에 올라타 다시 한번 내 집을 둘러보았다.

이 모든 일이 잘되었으면 하는 마음이 들었다. 요헨은 이날 특히 더 기분이 좋아 보였다. 돌이켜보면 요헨은 이번 휴가가 내게 근본적인 변화를 불러일으킬 거라고 믿고 있는 것 같았다.

집에서 공항까지의 거리는 약 15킬로미터 정도이다. 공항에 도착하자 요헨은 바로 정문 입구에 주차했다. 다른 사람들이 나를 보며 부러워하고 감탄하는 눈빛을 즐겼다. 자랑스럽다고나 할까?

"네, 맞아요. 제 마이바흐는 리스 차가 아니고 25만 유로를 현금으로 지불하고 구입한 것입니다."

나는 차에 그대로 앉아 조용히 혼잣말했다. 해외 출장을 갈 때면 늘 린다가 '공항 의전 담당 직원'을 섭외하여 절차가 어떻게 되는지 나는 이미 다 알고 있다. 요헨과 나이 든 남성이 공항 입구에서 내가 탄 마이바흐 쪽으로 곧장 걸어왔다.

요헨이 차 문을 열어 주었고 나는 차에서 내렸다. 내 여행 가방은 의전 담당 직원이 곧장 트롤리에 올렸다. 그의 배지에는 '알트레스, 짐 담당 매니저'라고 큰 글씨로 쓰여 있다. '매니저라고? 글쎄.' 나는 별로 미덥지 않다고 생각했다. 나는 요헨에게 감사의 인사를 전하며 3주간의 휴가를 편안하게 보내라고 얘기하고 게이트를 향해 걸어갔다.

"몇 번 게이트이죠?"

알트레스가 물었다.

"7번 게이트이고 루프트한자 퍼스트 클래스이군요."

나는 대답했다. 우리는 사람이 거의 없는 공항을 조용히 걸어서 7번 게이트까지 갔다. 체크인 앞줄에 대기하는 사람이 제한되어 있어서, 우리는 모든 사람을 지나쳐 퍼스트 클래스 체크인으로 갔다. 여권을 검사하고 가방 무게를 측정한 후 탑승권을 받았다. 체크인 직원이 가야 하는 방향을 손으로 가리키며 친절하게 작별 인사를 건넸다.

"즐겁게 여행하시길 바랍니다. 탑승구는 저쪽입니다."

나는 감사하다고 말하고 알려준 방향으로 여러 개의 스낵바와 작은 식당들을 지나 걸어갔다. 가는 길에 중년의 한 남성이 커피를 테이크아웃하기 위해 가판대 앞에 서 있는 모습을 보았다.

"6.9유로입니다."

커피 판매원이 그 남자에게 미소를 지으며 말했다.

'대체 어떻게 커피 한 잔을 7유로나 주고 살 수 있는 걸까? 저 남자는 절대 성공할 수 없을 거야.'라고 생각하며 소유는 보유에서 비롯한다(참을수록 부자가 된다)는 나의 신조를 더욱 확신하게 되었다.

인적 사항을 확인하는 보안 검색대를 지난 후 나는 별도의 퍼스트 클래스 대기실로 들어갔다. 푹신한 의자에 앉으며 이륙까지 아직 2시간이나 남은 걸 확인했다. 그리고 캐리어 가방을 다리 사이에 끼우고 노트북을 꺼냈다. 대기하는 동안 이메일에 답장을 보내며 시간을 보냈다.

비행은 아무런 차질 없이 진행되었다. 내게 배정된 스튜어디스는 정중하고 무척 친절했다. 5천 유로를 지불하고 티켓을 산 값어치를 하는 듯했다. 물론 회삿돈이다.

약 12시간이 지난 후 승무원이 방송으로 승객들에게 착륙 예정을 안내했다.

"승객 여러분, 안전벨트를 매고 트레이 테이블과 좌석 등받이를 똑바로 세워 주시길 바랍니다. 우리 비행기는 방콕 국제공항에 접근 중입니다."

내 앞 좌석 디스플레이에 '방콕 수완나품* 공항'이라는 목적지가 표시되었다. 나는 첫 번째로 비행기에서 내리기 위해 일어섰다. 계단에 첫발을 내딛자마자 내가 어디에 있는지 명확히 깨달았다.

45℃ 정도로 체감되는 정체된 공기가 내 쪽으로 다가왔다. 평소와 다름없이 보안 검색대를 지나 대기 중인 택시가 있는 방향으로 여행 가방을 끌고 걸어갔다. 공항을 나가니 수많은 택시가 진을 치고 손님들을 기다리고 있다. 정말 더웠다. 태국은 항상 덥지만, 4월은 '여름철'에 해당하기에 유난히 더 덥다. 비도 안 오고,

---

* 태국 사뭇쁘라깐 주 방플리 군에 위치한 국제공항

냉방도 잘되지 않고, 덥기만 하다. 모든 택시가 도요타 코롤라라는 게 눈에 띄었다. 그 사이에서 메르세데스 벤츠 E-클래스가 있지 않을까 괜히 둘러보았다. 공항의 거대한 홀에서 나와 택시들을 한번 쭉 둘러보니 벤츠를 찾는 건 불가능하다는 것을 깨달았다. 땀을 주르륵 흘리며 보라색 도요타 앞에 섰다. 다른 대기 차량과 마찬가지로 도요타 택시 역시 엔진에 시동을 걸고 있다. 리넨 바지에 헐렁한 체크 셔츠와 샌들을 신은 한 젊은 남자가 나를 향해 미소를 지었다.

"어디로 모실까요?"

그는 약간 고개를 숙이며 매우 정중하게 물었다.

"오크우드 스위트호텔 방콕으로 가 주세요."

운전기사는 조심스럽게 내 여행 가방을 트렁크에 싣고 출발했다.

새로운 문화에 서서히 적응하기 위해 나는 태국에서의 첫날밤을 멋진 고급 호텔에서 보내고자 했다. 호텔까지 가는 길은 험난한 모험 길이었다는 말 외에 설명할 방법이 없다. 택시 안은 낮은 에어컨 온도 때문에 너무 추웠고, 운전기사는 안전벨트도 매지 않은 상태로 과속을 밥 먹듯이 했으며 매우 피곤해 보였다. 마침내 호텔이 보이기 시작하자 안도했고, 앞으로 여기서는 절대로 택시를 타지 않겠다고 다짐했다.

택시 기사는 호텔 입구에 주차했다. 창문 밖으로 밝게 웃고 있는 얼굴이 보였다.

"사왓디캅.*"

직원이 양손을 가슴 쪽에 붙이며 살짝 고개를 숙이고 웃으며 나를 맞이했다.

정말 친절해. 어떻게 저렇게 기분이 좋을까? 그렇게 많은 돈을 버는 것 같지는 않은데. 직원에게 짐을 맡기고 입구로 걸어갔다. 호텔 밖은 무려 45℃로 찜통더위인데, 내부로 들어가니 갑자기 체감 온도가 10℃ 정도 되었다. 호텔 안의 공기는 매우 쾌적했다.

체크인할 때 젊고 아름다운 태국 여성이 내 방 카드키를 건네주었고, 거의 완벽한 독일어로 편안한 숙박을 기원한다고 말할 때는 얼굴에 한가득 미소를 지었다.

방콕에서의 첫날밤에 대해 할 말이 별로 없으나 그중에서도 내가 기억하는 것은 사람들이다. 내가 비행기를 타고 독일에서 벗어났고 독일 사람들 특유의 우울함에서도 떠나온 것 같다는 느낌이 들었다. 내가 공항에 도착한 이후 수많은 낯선 사람이 나에게

----

* 태국의 인사말

미소를 지어 주었다. 그들은 그냥 그랬다. 어떻게 그렇게 많은 사람이 갑자기 행복해하고 삶에 만족스러워하는지 당시에는 정말 뭐라고 설명할 수 없었다.

다음 날 아침 6시에 알람 시계가 울렸다. 밤새도록 에어컨을 켠 탓인지 목이 꽤 따끔거렸다. 눈을 뜨자마자 의무와 습관처럼 휴대폰으로 메일을 확인했다. 하지만 아무것도 오지 않았다.

"여기는 인터넷이 안 되는 건가?"

깜짝 놀라 혼잣말로 중얼거리며 정신없이 화면에서 무선랜 신호 강도를 표시하는 막대를 찾아보았다. 신호가 잘 잡히고 있다.

"나는 전 직원에게 수시로 업무를 보고하라고 얘기했는데, 어떻게 연락 한 통이 없는 거지?"

화장실로 가기 전에 린다에게 바로 전화를 걸었지만, 받지 않았다. 내 안에서 분노가 치밀어 올랐다. 다시 한번 전화를 걸었지만 역시 받지 않았다. 내가 회사를 딱 하루 비웠는데 이렇게 체계가 무너지다니 믿을 수가 없다. 나는 비행기를 타지 말았어야 했다고 생각했다.

그날 아침 나는 린다에게 20번이나 더 전화를 걸었지만 역시 받지 않아서 내 추측이 맞았다고 확신했다. 나는 회사로 즉시 돌아가는 항공편을 온라인으로 찾아보기 시작했고, 아침 식사를 하면서 예약하려고 마음먹었다. 그 와중에 배가 너무 고팠고, 태국 음식이 매우 매력적이라는 것은 예전부터 알고 있었다.

아침 샤워를 마친 후 정장을 입고 복도를 따라 엘리베이터로 걸어갔다. 나는 짜증이 나 있는데, 빨강과 검은색이 어우러진 단정한 유니폼을 입은 태국 청년이 엘리베이터 앞에서 나에게 다정하게 미소를 지어 보였다.

"좋은 아침입니다. 아침 식사를 하러 로비로 가실 건가요?"

그는 약간 구부정한 자세로 머뭇거리며 물었다.

"그래요."

나는 무뚝뚝하게 대답하며 그가 꼭두새벽부터 왜 이렇게 기분이 좋아 보이는지 의아했다.

1층에 도착하자 엘리베이터 문이 열렸고 나는 식당으로 향했다. 리셉션 데스크 위에 있는 무언가를 발견하고는 순간 나는 숨이 멎을 듯 깜짝 놀랐다. 거기에는 5개의 커다란 아날로그시계가 나란히 걸려있는데, 첫 번째 시계 위에는 '방콕'이라는 글자가 있고, 시계의 바늘은 오전 6시 43분을 향해 있다. '베를린'이라고 적힌 두 번째 시계는 새벽 12시 43분을 가리키고 있다.

나는 공포에 질려 그대로 서서 시곗바늘을 응시했다. 그러고 나서 '방콕'과 '베를린'을 쳐다보고 다시 시침과 분침을 자세히 쳐다보았다.

그럼 내가 새벽 1시에 린다에게 20번이나 전화를 걸었던 셈이야? 갑자기 부끄러움이 몰려왔다. 나는 다시 휴대폰을 켜고 아마도 평화롭게 자고 있을 내 비서 린다에게 짧은 문자를 쓰기 시작했다.

'안녕하세요, 린다 씨. 휴대폰이 바지 주머니에 있었는데 실수로 통화 버튼이 눌렸나 봐요.'

문자를 보내고 나니 양심의 가책을 던 듯 조금 마음이 놓였다.

"안드레아스, 약한 모습을 보이지 마!"

나는 혼잣말을 했다. 한 시간이 채 안 되는 시간에 나는 아침 식사를 마쳐야 했다. 그 후 계획에 따르면 소지품을 실은 버스가 호텔에서 나를 태워서 태국 남부의 수랏타니로 갈 예정이다.

아침 식사는 훌륭했다. 맛있는 음식을 배부르게 먹었지만, 여전히 회사 걱정이 끊이질 않았다. 오전 7시 55분, 버스를 기다리고 있는 아침에도 이곳은 무척 더웠다. 하늘에 구름이 꼈지만 태양의 강력한 에너지가 내 몸에 스며들었다.

"아무것도 안 보이는데."

나는 약간 의아해하며 중얼거렸다. 린다는 여행 일정을 확실하게 정리하여 나의 이메일 주소로 다시 보냈었다. 나는 양복에서 휴대폰을 꺼내 메모를 다시 읽었다.

'호텔 앞, 오전 8시 출발, '썬-라이너' 여행사, 수랏타니 도착 예정 오후 4시 45분'.

'흠, 독일인의 시간 엄수는 칭찬할 만하지'

문득 독일 사람들이 얼마나 약속 시간을 잘 지키는지 생각났다. 내 인생에서 지각은 단 한 번도 없었다.

지각한다는 것은 기다리는 사람에 대한 무례한 행동이라는 확고한 신념이 내 머릿속을 스쳐 지나갔다.

17분이 지난 후에 '썬-라이너'라고 표시된 작은 관광버스가 호텔 입구로 들어왔다. 이 버스 안에서 반나절을 보내야 한다고 생각하니 덜컥 겁이 났다. 버스가 내 앞에 멈췄다. 승하차 문턱을 보며 이 더운 나라에서 왜 저렇게 녹이 많이 슬었는지 궁금했다. 대략 25살 정도 되어 보이는 태국인 버스 기사가 내게 다가와 미소를 지으면서 물었다.

"남쪽으로 가시나요?"

"수랏타니."

버스 상태를 보고 다소 짜증이 났다.

"운행할 수 있는 차가 맞나요? 차량 점검은 받은 건가요?"

자동차 바퀴와 운전대를 손으로 가리키며 다소 의심스러운 말투로 다시 물었다.

"네, 이 자동차의 성능은 좋아요."

기사는 미소를 지으며 대답하면서 힘차게 내 짐을 트렁크에 실었다. 그가 버스 문을 열자, 함께 여행할 세 사람이 타고 있는 것이 보였다. 맨 뒷좌석에는 유럽인으로 보이는 커플이 앉아 있다. 남자는 여자를 안고 있는데, 여자 친구로 보이는 사람이 남자 친구 어깨에 머리를 기대어 자고 있다.

'얼마나 달콤한지….'

아내와 이혼한 후로는 그 어떤 종류의 관계라도 그저 시간과 에너지를 불필요하게 낭비하는 것으로 생각하는 나는 흠칫 놀랐다.

버스 안 중간 줄에는 젊은 흑인 여성이 역시 무릎에 손을 얹고 창문에 머리를 기대고서 잠을 자고 있다.

나는 맨 앞줄 중간에 앉았다. 디자이너 정장을 입고 있어서 다소 어색한 기분이 들었다. 차량 내부는 낡았고, 좌석은 구멍이 뚫리고 헤어져 있으며, 운전석 뒤쪽에는 천 조각이 매달려 있고, 앞유리는 대각선으로 크게 금이 가 있다. 나는 꽤 불안한 기분이 들었다. 앞좌석 두 개 사이로 운전자의 이름표를 볼 수 있는데 밝게 웃고 있는 그의 사진 옆에는 태국 문자로 된 이름이 적혀 있다.

버스가 삐걱거리면서 덜커덩하며 움직이기 시작했다. '어떻게 린다가 내게 이럴 수 있지?'라는 생각이 머릿속을 스쳤고 곧바로 분노가 치밀어 올랐다. 나는 처음 두 시간 동안은 꼿꼿이 앉아 매우 세심하게 운전기사, 차량, 주변 환경을 살폈다. 인구 천만 명의 도시, 방콕의 교통은 독일인이 감당하기는 어려웠다. 8차선 도로 전체에 종종 세 명 이상 타고 있는 작은 스쿠터들이 꽉 막힌 도로를 더 빨리 통과하려고 사람들을 비집고 지나가려고 애쓰고 있다. 수많은 자동차는 대부분 도요타 차량이었으며 사제[*]인 듯한 픽업트럭과 관광버스 그리고 40톤 트럭 등과 뒤섞여 그야말로 난장판이다. 무더운 열기와 무수한 운전자의 쉴 새 없는 경적이 서로 짝을 이뤄 우리 버스의 약간 열린 창문 속으로 들어왔다.

신호등이 초록 불로 바뀌자 8차선 도로가 갑자기 3차선 도로로 바뀌었고, 마주 오는 차들이 갑자기 우리 버스 바로 앞에서 경적을 울리며 멈추었다. 운전기사는 여전히 미소를 지으며, 우리 앞에서 대기하고 있는 차량이 지나갈 수 있도록 오른쪽 차선의 빈 곳을 찾았다. 나는 끝없이 이어지는 차량을 바라보면서 한 가지 이해할 수 없는 것이 생겼는데, 그것은 바로 경적을 울리면서도 사람들은 미소를 짓고 있다는 것이다.

어느 정도 시간이 지나 대도시를 벗어나자, 도로는 더 좁아지고 울퉁불퉁해졌다. 도로의 요철 때문에 나는 자꾸 버스의 천장까지 튀어 올랐다가 떨어졌다. 하지만 운전기사는 속도를 적절하게 조절하려는 기색을 보이지 않았다. 나는 필사적으로 안전벨트를 찾았지만, 그런 것은 없었다.

"독일이었다면 이런 일을 겪지 않을 텐데…."

---

[*] 私製. 개인이 사사로이 만들거나, 그런 물건

나는 그 상황을 겪으며 분노와 두려움이 뒤섞인 목소리로 조용히 말했다.

　남쪽으로 더 멀리 갈수록 주변은 점점 더 조용해졌다. 눈에 보이는 풍경은 온통 커다란 야자수와 키 큰 풀뿐이다. 길가에는 때때로 전통 의상을 입은 현지인들이 장 본 물건들을 나르며 걸어가고 있다. 나무 아래 약간 패인 작은 웅덩이에서 코끼리 한 마리가 혼자서 나뭇잎 몇 장을 유유자적하게 먹고 있었다.

　"크라톰이라는 열대 나무입니다."

　나뭇잎을 맛있게 먹는 코끼리를 운전기사가 가리키며 말했다.

　"코카인과 마리화나가 함께 자라는 것처럼, 크라톰은 이곳의 어디에서나 자라고 있답니다."

　설명을 덧붙이며 미소를 지었다.

　'내가 어디에 와 있는 거지?'

　도로 주행에 적합하지 않은 차와 교통 법규도 없고 마약을 하는 코끼리가 있는 곳에 왔단 말인가? 그러나 내 삶과는 완전히 반대되는 상황이기 때문에 우스꽝스러웠다.

　내 롤렉스 시계를 보니 12시를 가리키고 있다. 나는 배가 고팠고, 급히 화장실을 찾아야 했다.

　운전기사는 마치 초능력자인 것처럼 낡은 버스를 휴게소로 보이는 곳으로 몰고 갔다. 지붕은 덮여 있지만, 양옆은 개방된 제법 큰 콘크리트 광장이다. 거기에는 수많은 테이블과 의자가 놓여 있다. 뒤쪽에는 젊은 여성 세 명이 커다란 냄비 앞에서 요리하고 있는 주방이 보였고 우리 외에는 아무도 없다.

주방 공간을 좀 더 효율적으로 사용할 수도 있지 않았을까 생각하며, 마침내 화장실을 찾아갈 수 있어 기뻤다. 한편 버스 안에 있던 다른 세 명의 승객은 모두 잠들어 있고, 운전기사는 그들을 깨우려고 하지 않았다. 우리는 현지 전통 음식을 먹었는데, 호텔에서 먹은 음식보다 훨씬 더 맛있었다. 나는 운전기사와 식사하면서 이 일을 얼마나 오랫동안 하고 싶은지 물었다.

"평생이요."

그는 눈에 띄게 자랑스러워하며 말했다. 나는 그가 이 일에 대해 얼마나 만족하고 행복해하는지 느껴져 적잖이 놀랐다.

"가족이 있으세요?"

나는 계속 물었다.

"네, 가족이 많지요."

그는 웃으며 말했고 나에게 사진 한 장을 꺼내어 보여 주었다. 사진 속에는 약 30명이 커다란 목조주택 앞에서 서로 손을 잡고 나란히 무릎을 꿇고 있다. 그들 앞에는 한 수도승이 서 있는데, 그는 주황색 승복을 입고 커다란 금색 사발을 들고 있다.

"와, 엄청 많네요. 여기 수도승도 가족인가요?"

나는 놀라서 물었다.

"아니요. 수도승은 음식을 가지러 왔어요."

그는 대답했다.

'정말로 수도승들과 함께 음식을 먹으려면 도보 여행을 해야 하는 걸까?' 나는 의아한 마음으로 곰곰이 생각했다.

"수도승들은 직접 요리하지 않아요. 그래서도 안 되고요. 대신 사람들이 기부하지요. 긴 카오*요."

운전기사가 말을 덧붙이며 나의 당황스러운 표정을 바라보았다.

"긴 카오?"

나는 어리둥절한 표정으로 이마를 찡그렸다.

"여기, 이거예요. 쌀."

운전기사는 크게 웃으며 접시를 가리켰다.

쌀이라면 괜찮은 거구나, 그렇게 생각하며 다시 그에게 물었다.

"그날 수도승을 위해 밥을 지어 주는 사람이 없으면 어떻게 되나요?"

"아, 걱정하지 마세요, 사장님. 다들 밥을 지어 줘요. 좋은 업 보지요."

그는 환하게 미소를 지으며 가슴 앞에 손을 모아 합장했다.

---

* '쌀을 먹는다'라는 태국어

"사원을 방문하고 수도승을 만나 뵙나요?"

그는 웃으며 물었고, 내 옷을 훑어보며 즐거워하는 표정을 지었다. 그는 내 양복을 가리키면서 말을 덧붙였다.

"양복은 입지 않는 게 좋아요. 수랏타니 사원은 산 위에 있어요. 나무와 풀이 많고, 흙도 많고, 그리고 오래 앉아 있어야 해요."

'그래, 좋아.' 나는 억지로 미소를 지어 그에게 고개를 끄덕였다. '마르타가 편한 복장을 챙겨뒀으면 좋겠다.'라는 생각을 했지만 별로 확신이 들지 않았다.

힘도 좀 나고 기분도 한결 가벼워졌지만, 한편으로는 긴장감이 가득 찬 채로 여행을 계속했다.

"안녕하세요, 어디서 오셨어요?"

밝고 높은 목소리가 이런저런 생각에 잠겨 있는 나를 깨웠다.

"저는 이사벨이에요, 파리에서 왔어요."

내 뒤에 앉은 흑인 여성이 미소를 지으면서 나를 향해 좌석 건너편으로 손을 내밀었다.

"독일에서 온 베르거라고 합니다."

나는 악수하면서 그녀의 부드럽고 따뜻한 피부를 느꼈다.

"여기에 출장 오신 건가요?"

그녀는 기내 수하물로 가지고 있던 내 가죽 서류 가방을 가리키며 물었다.

"그랬으면 좋겠네요."

드디어 나와 비즈니스 대화를 나누고 싶어 하는 누군가를 만났다는 사실에 기쁜 마음으로 대답했다.

"그렇지만, 사실 저는 휴가를 내고 남쪽 산 위에 있는 절을 방문하러 갑니다. 3주 동안요."

나는 아이러니하게 대답했다. 내가 사소한 비즈니스 상담에 시간을 내줄 리가 있겠냐는 느낌을 풍기려고 했다.

"베르거 씨, 당신은 그곳을 좋아하시게 될 거예요. 저는 4년째 매년 한 달간 서쪽으로 조금 더 떨어진 한 사원에 가서 임시 비구니로 생활하고 있어요."

그녀는 나도 이런 경험을 할 수 있다는 사실을 눈에 띄게 기뻐하며 환하게 웃었다.

내가 뒤를 돌아 그녀를 본 순간, 그녀가 얼마나 매력적인지 알게 되었다. 이사벨의 검은 머리는 어깨까지 내려오고 살짝 파마결이 있다. 그녀는 통풍이 잘되는 다채로운 꽃무늬 드레스와 잘 어울렸고 흠잡을 데 없는 짙은 피부가 돋보였다. 그녀의 나이는 대략 35살 정도로, 나보다 20살 정도 어려 보였다. 깊게 파인 그녀의 목선과 활짝 웃는 미소는 나에게 강한 욕망을 불러일으켰다. 나는 전처와 이혼한 이후 데이트한 적이 없고 이성과 외출하는 일도 정말 없었다. 오로지 회사를 세계에서 가장 큰 기업으로 키우는 데 집중하느라 바빴다.

"안드레아스입니다."

다시 한번 나를 소개하며 그녀에게 손을 내밀었다.

"만나서 반갑습니다, 안드레아스."

그녀는 웃으며 말했다.

"제게 사원에서의 생활에 대해 더 이야기해 줄 수 있을까요?"

나는 대화를 시작하려고 했다.

그녀가 말하면서 눈을 다른 방향으로 돌릴 때마다, 나는 그녀
의 아름다운 얼굴과 완벽한 몸매를 몰래 응시했다.

"거긴 거의 다른 세상이에요. 일상이나 스트레스 그리고 소음
에서 벗어난 다른 세상에 온 것 같은 기분이 들지요. 당신은 낯선
문화에 빠져들게 되고 그들이 삶에서 어떤 목표를 지니고 있는지
배우게 될 거예요. 하지만 저는 당신에게 그것의 일부만 설명할 수
있어요. 직접 경험해 보지 않으면 깊게 이해할 수 없을 겁니다."

이사벨은 확신에 찬 목소리로 말하며 여전히 미소를 지었다.

"정말 흥미롭게 들리네요."라고 대답했지만, 말의 절반만 듣
고 있다는 사실을 그녀가 알아채지 않기를 바랐다. 나는 그녀에게
매료되어 나이 차이가 크다는 생각은 한순간도 하지 않았다. 나는
백만장자였고 그녀가 원하는 모든 것을 해줄 수 있는 사람이었으
니까.

돌이켜보면 그것이 나의 첫 번째 교훈이었다는 것을 나중에야 깨닫고 이해하게 되었다.

이사벨은 대화를 이어가려고 했지만, 운전기사가 말을 끊었다.

"30분 후에 방바이마이[*]에 도착합니다."

"여기서 내려요."

이사벨은 들고 있는 책을 천으로 된 숄더백에 넣으며 대답했다. 숄더백에는 울긋불긋한 코끼리가 그려져 있다.

"아아…."

나는 더듬거리며 말했고, 그녀를 향해 미소를 지으며 다시 천천히 버스 주행 방향으로 몸을 돌렸다. 내 서류 가방 앞쪽의 작은 주머니를 열고 내 명함과 몽블랑 볼펜을 꺼내어 알아보기 힘든 손글씨로 명함 뒷면의 회사 로고 옆에 '연락 주세요.'라고 썼다. 명함을 손에 쥐고 돌아서려는 순간, 창밖으로 수랏타니 국제공항이 보였다.

'여기에 공항이 있었나? 진짜로? 그런데도 나를 이 더운 날씨에 아홉 시간 가까이 낡고 허름한 버스를 타게 했다고?'

마음속으로 린다를 저주했다. 입고 있던 재킷 아래 와이셔츠가 땀에 젖어 있는 게 느껴졌다.

---

[*] Bang Bai Mai, 태국 남부 수랏타니

'믿을 수가 없어. 이게 도대체 뭐야!'

속으로 화를 내며 손에 든 명함을 쳐다보았다.

"혹시 이사벨을 만나게 하려고 그랬던 건가? 아니야, 그녀는 내가 이사벨을 만난다는 건 알 수 없었어. 그러니 화를 좀 삭이면서 한번 생각해 보자."

혼잣말로 중얼거리다가 몸을 돌려 이사벨에게 말을 걸었다.

"이사벨, 당신 소식을 들으면 기쁠 것 같아요."

나는 그녀에게 명함을 건네며 최대한 친근하고 호의적인 미소를 지으려고 노력했다.

이사벨은 명함을 손에 들고 내가 쓴 손 글씨 메모를 읽었다. 그녀는 하하 소리를 내며 크게 웃고 내게 윙크하며 말했다.

"안드레아스, 정말 고맙네요. 그럴게요. 일단은 파리에 돌아간 후예요."

"무슨 말씀인가요?"

나는 의아해하며 물었다.

"당신도 사원에 있을 때는 휴대폰을 꺼야 해요. 당신도 그것을 원하게 될 거고요. 제 말을 믿으세요."

그녀는 의심과 공포가 뒤섞인 나의 표정을 보면서 말했다.

나는 그녀를 향해 미소를 지었으나 속으로는 회의적이었다.

'절대 그렇지 않아, 나는 회사를 이끌어나가야 해, 아마도 수도승들은 그것에 대해 아무것도 이해하지 못하겠지. 그걸 내가 가르쳐야지.'라고 생각했다. 나는 이것이 얼마나 잘못된 생각인지 곧 알게 되었다.

나는 목에서 맥박이 뛰고 있음을 분명히 느끼며 내 심장이 엄청 빠르게 뛰고 있다는 것을 깨달았다. 무더위와 이사벨에 대한 긴장감, 그리고 언제 울릴지 모르는 휴대폰 때문에 느끼는 초조함이 나를 괴롭혔다. 내 주치의의 말이 떠올랐다. 시급히 몇 킬로그램을 감량하고, 더 건강하게 먹고, 더 많이 운동해야 한다는 조언. 그렇게 하지 않으면, 심장 마비가 올 수도 있다는 경고였다. 나는 이 말을 항상 히포크라테스 선서 때문에 내 주치의가 모든 환자에게 말하지 않으면 안 되는 단순한 조언쯤으로 묵살했다. 하지만 내 뒤에 앉아 있는 이 젊고 건강한 아름다운 여성 때문에, 그 순간 내 주치의의 말을 따르기로 결심했다. 나는 스스로 진정하려고 노력하며 천천히 숨을 들이마시고 내쉬었다.

몇 분 후, 도로의 굴곡진 곳에 버스가 멈췄다.

"방바이마이에 도착했어요!"

운전기사는 열정적으로 크게 외치면서 버스 바닥 부분에 있는 트렁크를 열기 위해 버스에서 뛰어내렸다.

나는 버스에서 내려 햇살 가득한 태국 오후의 햇볕을 듬뿍 쬐었다. 눈을 꼭 감으면서 좌석 아래에 있는 레버를 돌렸고, 레버가 앞으로 젖혀지면서 이사벨도 하차할 수 있게 되었다. 그녀가 허리를 구부리고 내 옆을 지나 밖으로 나갈 때, 그녀에게서 나는 강렬한 바닐라와 장미 향이 코를 찔렀다. 그 향기가 정말 좋았다.

운전기사는 이사벨의 작은 여행 가방을 길가에 내려놓고, 손바닥을 맞대고 가볍게 절을 하는 전통 인사법인 와이[*]로 작별 인사를 했다. 이사벨은 인사에 화답하고는 나를 향해 고개를 돌렸다.

"안드레아스, 많은 즐거움과 휴식 그리고 무엇보다도 여러 깨달음을 얻길 바랄게요. 제가 나중에 연락드릴 테니 그때 경험담을 들려주세요. 아시겠죠?"

그녀는 나에게 미소를 지으며 말했다.

"물론이죠, 당신도 꼭 그러시길 바랍니다."

나는 포옹을 하겠다는 의미로 두 팔을 앞으로 뻗었다. 이사벨이 내 쪽으로 달려와 몇 초 동안 우리는 포옹했다. 그러고는 자신의 여행 가방을 들고 작은 마을 쪽으로 결연하게 걸어갔다.

'그녀는 4주 동안 머무른다고 하지 않았던가? 그런데 그렇게 짐이 적을 수 있나?'

나는 놀랍다고 생각하며 버스에 올라타 등받이를 다시 뒤로 젖히고 앉았다. 뒷줄에 앉은 커플은 헤드폰으로 음악을 들으며 내

---

[*] Wai, 태국의 전통적인 인사법

해야 할 일 목록

게는 아무런 관심도 보이지 않았다. 우리는 울퉁불퉁한 길 위를 덜컹거리며 여행을 계속했다.

'린다는 어떻게 지내고 있을까? 내 회사는 어떤 상황일까? 지금쯤이면 모두가 깨어나 일하고 있어야 하는데.'라는 생각이 문득 들었다. 그래서 기분 좋게 보고 있던 아름다운 풍경에서 눈을 떼고 휴대폰을 꺼냈다. 화면에는 '새 메시지 한 개'가 표시되어 있고 그 아랫부분에 '3시간 전'이라고 작은 글자로 적혀 있다. 사실 나는 휴대폰 보는 것을 잊고 있었다.

"그런 일은 있을 수가 없지."

나는 중얼거렸고, 놀란 마음에 손가락으로 수신된 메시지를 눌렀다.

'안녕하세요, 안드레아스. 아무 문제없습니다. 여기는 평소와 같이 진행되고 있으며, 병가 소식도 없고, 몇 가지 업무 요청만 있습니다. 이메일로 보내드렸어요. 안드레아스도 잘 도착했길 바라고 태국이 마음에 들기를 바랍니다. 린다 올림'

나는 답장을 쓰기 시작했다.

'안녕하세요, 린다. 그렇다니 다행이네요. 바로 메일을 확인해 볼게요. 그나저나, 공항 얘기는 왜 말하지 않았나요?'라고 써 내려가다 잠시 멈추고 이사벨과 멋진 만남을 떠올리며 마지막 문장은 지워버렸다.

나는 내 메일함에서 수백만 유로의 수익이 날 수 있는 세 건의 주문 확인서를 발견했다. 잘 돌아가고 있는 것 같아 만족했다.

그로부터 20분이 지난 후, 현지 시각으로 오후 5시가 되자 운전기사는 도로를 벗어나 절반쯤 포장된 작은 길로 접어들었다. 약 2킬로미터 정도 지나자, 자갈과 돌이 깔린 숲길이 나왔다. 버스는 가파른 경사를 삐걱거리며 신음하듯 올라갔다. 그리고 야자수와 거대한 풀이 울창한 숲으로 둘러싸인 언덕 위에서 버스는 멈췄다.

"수랏타니*입니다."

운전기사가 외쳤는데, 그도 오래 운전해서 피곤한 기색이 역력했다. 나는 왼쪽 창밖으로 울창한 밀림을 바라보았다. 다른 세 방향에서도 똑같은 경관이 펼쳐졌다. 기사는 이미 버스에서 뛰어내려서 내 여행 가방을 들고 미닫이 버스 문 앞에 서 있다.

"도착하였습니다. 사장님."

그는 나에게 미소를 지었다.

나는 당황하며 차에서 내려 끝없는 밀림 한가운데에 섰다. 우리 버스가 오르막길을 올라오는 동안 내가 본 것이라고는 작은 카페 하나뿐이었다.

"대체 사원이 어디 있나요?"

---

* Surat Thani, 수랏타니주는 태국의 남부의 가장 큰 주이다.

해야 할 일 목록

나는 손으로 온 사방을 무기력하게 가리키며 물었다.

운전기사는 친절하게 미소를 지으며 말했다.

"저쪽을 따라 걸어가면 됩니다. 걸어서 20분 거리입니다."

그의 손가락은 내 여행 가방보다 폭이 더 좁은 길을 가리켰다.

"짐을 들고 걸어가라고요? 어떻게 그럴 수 있나요? 여기 택시는 없나요?"

나는 세 개의 짐이 든 여행 가방을 가리키며 짜증스럽게 물었다.

"여기서는 차가 못 다닙니다. 조금 걷는 건 건강에도 좋아요."

운전기사는 정중하게 대답하며 내 여행 가방 두 개를 포개었다. 그리고 세 번째 여행 가방을 내 손에 쥐여 주며 그것을 어깨에 메고 한 손으로 잡으라고 알려주었다. 그러고 나서 전통 인사법인 '와이'로 작별 인사를 하고 다시 버스에 올라탔다.

여행 가방 하나를 어깨에 메고 바퀴 달린 두 개의 여행 가방을 내 옆에 세우니 망연자실할 수밖에 없었다. 버스는 방향을 틀어서 숲 한가운데에서 디자이너 정장을 입고 서 있는 나를 지나쳐 갔다. 운전기사는 친절하게 웃으며 나에게 손을 흔들었고 버스 뒷줄에 앉은 커플은 '저 사람은 아마 5성급 호텔에 머물고 싶은 거겠지.'라고 말하는 듯한 표정으로 나를 빤히 쳐다보았다.

'네, 맞아요. 그렇고말고요.'

나는 주위를 둘러보았다. 여전히 숨이 막힐 듯이 덥고, 나무의

수관[*]들이 햇볕을 막고 있지만 열기는 여전히 나무 사이로 스며들었다. 사방의 시야는 대략 20미터 정도로 무성한 덤불이 시야를 가렸다.

다소 겁에 질려서 휴대폰과 다른 소지품이 아직 그대로 있는지 확인했다. 다행히 모든 것이 그대로 있음을 알고 안도의 한숨을 내쉬었다.

버스는 더 이상 보이지 않는다.

여기는 분실물 센터가 없을 거야라고 약간 꼬인 생각을 하며 휴대폰을 손에 꼭 쥐었다. 내 휴대폰 화면에는 '네트워크 검색 중'이라고 나온다. 숲이 무성한 이런 오지에서는 당연한 일이다.

긴 여행으로 피곤하고, 땀에 젖고, 눈에 띄게 지친 나는 작은 오솔길을 따라 걷기 시작했다. 여행 가방의 바퀴는 여름에 스키를 타는 것만큼이나 쓸모없었다. 내딛는 걸음마다 바퀴가 고르지 못한 땅에 끼이거나 완전히 막혔다.

"여긴 정말 지옥 같은 곳이야! 솔직히 말하자면, 이제 더 이상 아무런 의욕이 없어!"

나는 화를 내며 숲속에서 크게 외쳤다. 아무도 내 목소리를 듣지 않을 거라고 확신했으니까. 2년 전만 해도 누군가가 나에게 언

---

* 樹冠, 나무의 가지와 잎이 달린 부분으로 원 몸통에서 나온 줄기

젠가 오지에서 땀을 뻘뻘 흘리며 녹초가 된 상태로 바퀴 달린 여행 가방을 끌고 다닐 거라고 말했다면 나는 그 사람을 미친 사람으로 생각했을 것이다. 그러나 이제 현실이 됐다. 나는 계속 걸어야만 했다. 10분 정도가 흐른 뒤 나의 롤렉스시계를 보며 태국에서는 언제 해가 지는지 괜히 궁금해졌다. 적도에 가까운 이 지역에서는 계절에 따른 시간 차이가 거의 없다.

'자 어서! 운전기사가 20분이면 갈 거라고 했잖아. 이제 다 왔어, 안드레아스. 힘내야지!' 나는 스스로를 격려했다. 다행히도 이 작은 길에 평소 사람들이 자주 다니던 흔적이 보였다. 좁은 길의 양쪽에는 울창한 열대 우림이 펼쳐져 있다.

내 머릿속에는 톰 행크스가 출연한 영화 〈캐스트 어웨이〉와 독성 동물, 그리고 점점 더 커지는 배고픔이 떠올랐다. 나는 한 걸음, 한 걸음씩 내디딜 때마다 힘겹게 당겨지는 여행 가방을 저주했고, 또 시시각각 나의 목덜미에 달라붙는 무수한 모기를 저주했으며, 내가 입은 양복 때문에 거의 참을 수 없는 잔인한 열기를 저주했다. '마르타가 내게 맞는 옷을 잘 챙겨줬으면 좋겠다.'라고 생각하는 순간, 저 멀리에 표지판 하나가 눈에 들어왔다. 은혜롭지 않은 이 땅에서 나는 최대한 빨리 짐을 들고 다가갔다.

짙은 색 나무로 만들어진 표지판은 두 개의 못으로 박혀 큰 나무에 부착되어 있다. 문장은 태국어로 쓰여 있고, 양쪽 끝에는 각

각 반대 방향을 가리키는 화살표가 있다.

"좋아, 그럼, 이제 어디로 가야 하는 걸까!"

나는 큰 소리로 숲속을 향해 한심스럽게 퍼부었고 단서를 찾기 위해 정장 바지에서 휴대폰을 꺼내 린다가 작성한 메모를 검색했다.

"여기에는 아무것도 적혀 있지 않아. 아무것도! 도착 시간은 오후 4시 45분인데, 지금은 오후 5시 37분이고 나는 아직도 숲 한가운데에 서 있다니!"

나는 정신이 몽롱했다. 신호도 안 잡히고, 어디로 가야 할지 전혀 모르는 상황으로 무엇보다도 의욕을 상실해 버렸다.

"그럼 그냥 숲에서 자야 하는 건가? 믿을 수 없어!"

나는 거의 체념한 듯 현 상황을 탄식하며 마침내 오른쪽으로 걸어갔다. 그 길은 왼쪽 길보다 훨씬 더 넓고 걷기 편해 보였다.

"20분 정도라고 했으니까, 뭐."

중얼거리며 어지러운 발걸음으로 길을 걸어갔다. 내 신발은 적갈색 모래에 얼룩졌고, 셔츠는 땀으로 구겨졌다. 잠시 걸음을 멈추고 한숨을 돌리는데 작은 원숭이 몇 마리가 나무 꼭대기와 야자수 위에서 뛰어다니는 게 보였다. 수많은 새가 연이어 노래를 불렀고 습한 공기는 여전히 견디기 힘들었다. 나는 무기력하게 바퀴 달린 여행 가방의 손잡이를 천천히 잡아당기며 신음을 내면서 계속 길을 걸어갔다. 10분이 더 지나자 마침내 숲 끝에서 빛이 보였다. 그 빛은 약 300미터 정도 앞에 펼쳐진 숲속의 빈터로 향하고 있는 것 같았다. 나는 지루했던 열대 우림의 풍경이 조금씩 바뀌고 있다는 사실에 흥분되어 안도했다. 다리와 팔, 어깨에 느껴지던 통증이 날아갈 듯이 사라졌다. 사실 몸이 얼마나 불편한지 느끼지 못한 상태로 무작정 걸었다.

힘든 탓인지 흐렸던 시야가 천천히 선명해졌고, 햇빛에 황금빛으로 반짝이는 커다란 기둥을 발견했다. 그 옆에는 같은 높이의 다른 기둥이 하나 더 있다. 그 기둥들 가운데에는 건물로 올라갈 수 있는 돌계단이 있다. 나는 드디어 도착했다.

계단 아래에 여행 가방을 내려놓고 몸을 풀며 숲 한가운데 있는 거대한 사원 단지를 행복하게 바라보았다. 이집트의 피라미드를 처음 방문했을 때 느낀 감정과 비교하며 인상적인 풍경을 눈에 담았다.

여전히 계단 앞에 서서 신호를 기다렸다. 무언가가 있는 듯 인기척이 느껴지고 소음이 들렸다. 하지만 그것도 착각일 뿐, 열대 우림의 전형적인 소리였다. 거기에는 그냥 정적만이 감돌았다.

시간을 보니 오후 6시가 다 되었다. 거의 45분 동안이나 열대 우림을 걸었다. 휴대폰을 보니 '네트워크 검색 중'이라는 글자가 떠 있다. 사원에서는 수신 상태가 괜찮아지겠지, 어쩌면 안정적으로 와이파이가 연결될 수도 있고. 기대감에 부푼 나는 가방을 챙겨서 계단을 오르기 시작했다. 다음 층에 오르자, 약 30미터 정도 높이의 사원 지붕이 보였다. 지붕은 짙은 붉은색인 여러 장식으로 둘러싸여 있고 중앙은 뾰족한 형태다. 위에 도착하니 커다란 입구가 보였다. 바닥은 단순하고 어두운 석판으로 깔려 있다. 사원 입구 위에는 불상이 있어 내부로 들어가는 사람들 위로 웅장하게 우뚝 솟아 있다. 문은 없었다. 그래서 당혹스러웠다. 심지어 이렇게 입구가 열려 있을 거라면 내 여행 가방을 어디에 보관할 수 있을지 궁금했다. 나는 사원 내부를 쳐다봤다. 매우 어두웠다. 아마도 모든 창문이 닫혀 있거나 커튼이 쳐져 있는 것 같다. 조심스럽게 사원 안으로 한 발짝 들어가자, 약 20미터 정도 높이의 천장 바로 아래까지 닿을 것만 같은 거대한 황금빛 불상이 서 있다. 그 앞에는 몇 개의 얇은 빨간색 방석이 바닥에 놓여 있다. 아무도 없고, 너무 조용해서 약간 으스스했다.

나는 천천히 사원 안으로 들어갔다. 이 고요함 속에서 유일하게 들리는 소리는 내 여행 가방이 굴러가는 소리뿐이었는데, 숲에서와는 달리 이제는 가볍고 유려하게 앞으로 굴러갔다. 호텔 리셉션이나 안내 데스크 같은 것을 찾았지만, 아무것도 찾을 수 없다. 나는 발걸음을 멈추고 잠시 섰다. 내 뒤쪽 모퉁이에서 어떤 움직임이 느껴져 눈꼬리로 그 움직임을 포착했다. 한 사람이 느린 걸음으로 내게 걸어왔다. 그가 입고 있는 주황색 승복과 빨간색의 좁은 천으로 된 망토가 보였다. 그 망토는 겨드랑이 아래에서 뒤쪽으로 내려와 앞쪽으로는 허리 높이에 걸쳐져 있다.

'수도승임이 틀림없어. 그가 나를 도와주면 좋겠다.'라고 생각하며 수도승에게 방금 드러난 내 모습이 어떻게 비칠지 상상해 보았다. 중년 남성이 디자이너 정장을 입고, 오랫동안 걸어서 땀으로 젖어 있으며, 세 개의 고급 여행 가방을 들고 불교 사원 입구의 중앙에 서 있는 모습.

이것이 나와 수도승과의 첫 만남이었다.

2부

청회색 눈

수도승은 천천히 조심스럽게 나에게 다가왔다.

그는 나를 똑바로 응시했고, 나는 엄청난 평온함을 발산하는 그의 청회색 눈을 바라보았다. 40대쯤으로 보이는 수도승은 군살이 없는 날씬한 체형이다. 키는 170센티미터 정도밖에 되지 않아 보이지만 왠지 힘이 셀 것 같은 느낌을 받았다. 그의 손은 승복 안 어딘가에 숨겨져 있어서 보이지 않는다. 신발은 신고 있지 않고 아무런 소리도 없이 조용히 내게 다가왔다.

그의 얼굴에서는 어떠한 감정도 찾아볼 수 없다. 그에게서 압도되는 느낌을 받으면서도 이상하게 불편함과 편안함을 동시에 느꼈다. 나는 사원의 어두운 응접실 한가운데에 서 있으며, 거기서 앞으로 나를 가르치고 3주 동안 동행할 수도승을 만났던 것이다.

그는 내 앞 약 2미터 거리에서 멈추었다. 그러나 악수나 와이로 나를 맞이하려는 움직임을 보이지 않았다. 나는 뭔가 말을 해야 한다는 급박한 느낌이 들었다.

"안녕하세요, 제 이름은 안드레아스 베르거입니다. 저는 3주 동안 이 사원에서 머물 예정입니다. 제가 제대로 찾아온 건가요?"

나는 조심스럽게 물었다. 오랫동안 이런 강렬한 느낌을 받아본 적이 없기 때문에 나는 그의 모습에 굉장히 감명받았다.

"그 누가 알겠습니까?"

그는 대답했다.

한편으로는 그가 독일어를 잘 알고 있다는 사실에 매우 당혹스러웠고, 다른 한편으로는 그에게서 그다지 만족스러운 대답을 찾지 못했다는 것에 불안했다. 그는 내 디자이너 정장이나 세 개의 여행 가방에 관해 별다른 이야기가 없다.

"이쪽으로."

그는 친절하게 말했고, 발꿈치를 돌려 어떠한 말이나 몸짓 없이 나에게 따라오라는 신호를 보냈다.

나는 그를 따라 사원 입구를 지나 맨 오른쪽 구석으로 걸어갔다. 그의 발걸음에 맞춰 천천히 걷는데도 무척 힘이 들었다. 다음 홀도 이전 홀과 분리되어 있는데, 마찬가지로 문이 없는 통로로

청회색 눈

이어져 있다. 그곳은 매우 어둡고, 오른쪽에 있는 4개의 창문은 무거운 커튼으로 가려져 있다. 창문 앞에는 등받이가 없는 나무 벤치가 있는데, 사람들이 오랫동안 이용하지 않은 것처럼 보였다. 반대편 벽에는 국기가 걸려있다. 태국 국기가 있고, 바로 옆에는 독일 국기, 또 그 옆에는 중앙에 바퀴 모양이 그려진 노란색 국기가 있다.

수도승은 천천히 걸어서 약 40제곱미터 크기의 홀 끝에 있는 문으로 갔다.

"당신의 자리입니다. 곧 돌아오겠습니다."

그는 그 앞에 멈춰 서서 말했다. 그리고 그는 통로를 통해 사원의 다른 공간으로 천천히 걸어갔다.

나는 내 방의 문을 열었다. 내부 왼쪽에는 두께가 5센티미터를 넘지 않는 흰색 매트리스가 깔린 침대가 있고 매트리스 위에는 깔끔하게 접힌 갈색 모직 담요와 침대 끝에는 구겨지지 않은 작은 베개가 놓여 있다. 방 가운데에는 학창 시절에 본 것과 비슷한 작은 나무 테이블과 의자가 있다. 오른쪽 구석에는 작은 수건이 접혀 바닥에 놓여 있고, 그 위, 천장 바로 아래에는 황금색 불상이 여러 개 놓여 있는 선반이 있다. 싸고 낡은 유스호스텔 느낌이다.

'여기에서 어떻게 잘 수 있을까?'

당시 상황을 어떻게 설명해야 할지 모르겠다. 나는 정말 피곤했고 배가 고파 지친 채로 급하게 화장실에 가야만 했다.

여행 가방을 사물이 없는 유일한 구석에 내려놓고 테이블 쪽으로 몸을 돌렸다. 테이블 위에는 수도승이 입고 있던 것과 비슷한 흰색 승복이 있다. 나는 승복을 손으로 집어 들고 구석구석 자세히 살펴보았다. 그 아래에는 또 다른 두 개의 승복이 놓여 있다. 마찬가지로 흰색이다.

'왜 흰색일까?'

승복을 테이블 위에 다시 내려놓았다. 바닥에는 매우 낡아 보이는 샌들이 놓여 있다. 나는 나무 테이블 서랍을 열어 비어 있는 상태를 확인했다.

'여기는 열쇠가 없는 건가?'

내 소지품에 대한 걱정도 들었다. 나는 내 여행 가방을 방 안에 둔 채 다시 복도로 나가서 누군가에게 물어보고 먹을 것을 가져올 생각이었다. 내가 문을 열자마자, 흰 가운을 입은 청년 한 사람이 내 앞에 서서 나를 향해 미소를 지었다.

"오, 다행이네요. 혹시 저 좀 도와줄 수 있나요? 여기 문이 안 잠기고 또 저녁 식사 시간이 몇 시인지 모르겠어요."

그가 독일어를 어떻게 받아들일지 고려하지 않고 느닷없이 물었다. 그는 검지를 입에 대고, 경고하듯 눈썹을 추켜세우며 조용히 말하라고 했다. 그는 고개를 까딱 움직이며 내 방문을 가리켰

청회색 눈

다. 나는 그가 무슨 말을 하려는지 이해했고, 문을 열고 우리는 같이 방 안으로 들어갔다.

"여기가 더 좋네요. 여기서는 조용히 행동해야 해요. 수도승들은 큰 소리로 말하는 것을 좋아하지 않거든요. 저는 율리안이에요."

그는 친절하게 인사를 건네면서 와이를 했다.

"먼저 승복을 입으세요. 그래야 여기 모든 것을 보여드릴 수 있습니다. 이곳에 오신 적이 있으신가요?"

여전히 그는 차분한 목소리로 물었다.

"아뇨, 첫 방문입니다."

나는 대답하고, 외투를 벗어 걸려고 걸 수 있는 옷걸이나 고리를 찾았다.

율리안은 나지막하게 웃었다.

"옷걸이 같은 건 없습니다. 그냥 가방 안에 넣으시면 됩니다."

그는 아무렇지 않게 손을 흔들며 말했다.

'그래, 너는 수백만 원짜리 정장이 없어서 아무 생각 없이 쉽게 말하는 거겠지, 이 친구야.'

그러나 나는 너무 지쳐서 그의 말에 반박도 못 하고 그냥 외투를 여행 가방 위에 조심스럽게 올려놓았다.

율리안은 내가 세 부분으로 구성된 승복(속옷, 정복, 겉옷)을 입는 데 도움을 주었다.

'기분이 아주 이상한 걸.'

승복으로 갈아입고서 가슴에 손을 얹고 아래로 쭉 내려다보며 생각했다. 이후 간편하게 식사하고 침대에 걸터앉아 내 회사의 하루가 어떻게 흘러갔는지 확인하고 싶어 정장 바지에서 휴대폰을 꺼내 보았지만, 여전히 네트워크 신호는 잡히지 않았다.

내가 당황한 것을 감지한 율리안이 말했다.

"여기선 신호가 안 터집니다. 저희는 숲 한가운데에 있어서요. 대신 7킬로미터 정도 떨어진 카페까지 걸어가시면 됩니다."

그는 손으로 카페가 있는 방향을 가리켰다.

순간 속으로 화가 크게 솟구쳤다가 문 쪽으로 시선을 돌리자 곧바로 가라앉았다. 문 앞에 누군가 서 있는 것이 느껴져 조심스럽게 걸어가서 문을 열었다. 나를 반갑게 맞이한 수도승이 나를 잠시 쳐다보더니 고개를 끄덕였다. 그리고 그는 돌아서서 통로를 통해 옆방으로 천천히 걸어갔다.

"여기 화장실이 어디죠?"

나는 그에게 속삭였다.

"저를 따라오세요. 안내해 드리겠습니다."

율리안이 내 어깨를 가볍게 치며 따라오라는 신호를 보냈다. 수많은 야자수와 푸른 잔디, 그리고 많은 벤치가 있는 거대한 정원으로 걸어 나갔다. 야트막한 풀밭 언덕 위에는 적어도 2미터는

되어 보이는 거대한 징이 있는데 많은 꽃과 황금으로 장식되어 무척 아름다웠다.

우리는 약 50미터 정도 걸어서 작은 나무 오두막집 앞에서 멈췄다. 율리안이 눈으로 가리키자 나는 안으로 들어갔다. 화장실은 그냥 바닥을 뚫어 놓은 구멍 하나만 있을 뿐이다. 심지어 높이도 높지 않아서 쪼그려 앉아서 용무를 봐야 했다. 나는 충격을 받았지만, 너무 급해서 어쩔 수 없었다. 화장지를 찾았지만, 아무것도 찾을 수 없다. 대신 물이 가득 담긴 큰 대야와 작은 국자만 있다. 나는 그것으로 무엇을 해야 하는지 온갖 상황을 상상했다. 작은 국자로 물을 뜨는 것부터 전신 목욕을 하는 것까지 여러 가지 가능성을 생각했지만, 그 어떤 것도 나를 만족시키지 못했다.

금방 새 휴지를 가져다줄 관리인이 있으면 좋겠다고 생각하며, 작은 용무만 보면 된다는 사실에 안도했다.

율리안은 문 앞에서 기다리고 있다가 내가 다시 나왔을 때 절망과 역겨움에 가득 찬 내 모습을 보았음에 틀림없다.

"곧 익숙해질 거예요."

율리안은 웃으면서 말했다.

우리는 다시 사원 안으로 걸어 들어가 또 다른 거대한 홀로 갔다. 이곳은 리셉션 홀보다 훨씬 더 크고 화려했다. 천장과 벽은 순금으로 된 그림들로 덮여 있고, 꽃, 코끼리, 부처님의 다양한 모습이 홀을 가득 채우고 있다. 중앙에는 부처상이 있는데, 그 위쪽 끝은 천장 바로 밑까지 닿아 보였다. 그 앞에는 리셉션 홀에서 본 것과 같은 쿠션들이 질서 정연하게 깔려 있다. 쿠션 주변에는 부처상을 향해 배치된 10개 정도의 의자가 반원 모양으로 둥그렇게 놓여 있다.

나는 홀의 규모에 깊은 인상을 받았다. 부처상 바로 앞 첫 번째 줄에는 옆으로 나란히 다리를 꼬고 쪼그려 앉아 있는 다섯 명의 수도승이 보였다. 뒤쪽에서 홀로 들어갔기 때문에 수도승들의 얼굴은 볼 수 없다. 그들은 미동도 없이 가만히 앉아 있다. 나를 맞아준 수도승이 그들 중앙에 앉아 있고, 그 자리는 다른 자리보다 약간 높다. 아마도 그가 수석 수도승인 것 같다. 나는 히죽 미소를 지으며, 왕좌에 오른 율리우스 시저를 떠올렸다.

바로 그 시점에서 나는 몇 시간 동안 회사 업무를 처리하지 않았다는 사실조차 잊어버렸다. 지금 생각해 보면 그 당시에는 새로운 상황에서 겪는 긴장과 불안감 때문이었던 것 같다.

율리안은 눈빛으로 나에게 방석을 가리키며 앉으라고 했다. 그는 무릎을 꿇고 엉덩이를 발뒤꿈치에 대고 앉았다. 나도 따라 해 봤지만, 바로 무릎에 찌릿한 통증을 느꼈다. 율리안은 이 모습을 보고 미소를 지으며 손을 위아래로 부드럽게 움직여 천천히 다시 해보라는 신호를 보냈다. 나는 다리를 앞으로 쭉 뻗어 앉아 보앉다. 이 자세가 훨씬 편했지만, 율리안은 내가 뭔가 잘못하고 있다는 듯 차분하지만 세차게 고개를 저었다. 그는 내 귀에 속삭였다.

"발 방향이 부처님을 향해 놓여서는 안 됩니다."

나의 무지에 당황하고 부끄러워서 바로 책상다리하고 앉았는데, 이 자세를 하고 있으니 그럭저럭 견딜 만했다. 율리안은 두 손바닥을 맞대고 가슴 앞에 모았다.

나는 어떻게 행동해야 할지 몰라 율리안이 하는 대로 따라 했다. 수도승들은 우리와 달리 승복 밑 무릎 위에 손을 얹은 채 앉아 있다. 우리는 어떠한 말이나 미동도 없이 이러한 자세로 약 20분 정도 앉아 있었다.

"이티피소*Itipiso*, 바가바*bhagava*, 아라함*araham*, 샘마*samma*, 샘부도*sammbuddho*."

수석 수도승이 갑자기 기도하며 주문을 외기 시작했다. 율리안을 포함한 여섯 명의 수도승도 모두 손을 합장하여 이마에 대고 기도에 동참했다. 나는 기도문을 몰라서 그들의 동작을 따라 하는 데 그쳤다.

끝나지 않을 것 같던 20분이 지나자 그들은 기도를 끝내고, 마지막으로 거대한 부처상에 절을 하고 자리에서 일어섰다. 그러고는 부처상에서 눈을 떼지 않고 뒷걸음질 치며 방을 나갔다. 율리안과 나도 그들과 똑같이 했다.

그렇게 사원에서의 첫날은 새로운 감동과 불안함으로 가득 찬 채 끝났다. 그날 저녁 나는 아주 빨리 잠들었다.

┼

사원에서의 두 번째 날은 종소리와 같은 꽤 시끄러운 소리와 함께 시작되었다. 나는 깜짝 놀라 침대에서 바로 일어나 앉았다. '알람 설정을 해두지도 않았는데….'라고 생각했다. 발밑에 닿는 시원한 석판이 매우 기분 좋았다. 닫힌 창문 너머로 적도 근처의 뜨거운 태양을 느꼈다. 책상 위에 있는 휴대폰을 집어 들었더니 배터리가 방전되어 있었다. 재빨리 배터리를 충전기에 꽂는데 불현듯 회사 생각이 났다. 전원 콘센트는 있는데 화장실은 없다고? 다소 혼란스러웠다.

"오늘은 회사에 전화해야겠다."

혼자 중얼거렸다.

갑자기 배가 고파서 생각을 멈췄다. 흰 승복을 입고 대기실로 갔는데 아무도 보이지 않았다. 샌들을 신고 복도를 따라 부처상이 있는 크고 어두운 리셉션 홀로 걸어갔다. 다른 쪽에 있는 일종의 게시판 앞에서 율리안을 보았다.

"좋은 아침입니다."

그에게 나지막하게 인사했다.

"좋은 아침이에요, 안드레아스. 첫날밤은 어떠셨나요?"

율리안이 친절히 물었다.

나는 미소를 지었다. 아주 편안하게 휴식을 취한 느낌이다.

"아침 식사는 어디에서 먹을 수 있나요?"

배에서 들리는 꼬르륵 소리를 숨기며 물었다. 율리안은 이를 알아차리고 웃으며 식당으로 가는 길을 안내했다. 우리는 리셉션 홀을 지나서 뒤쪽 구석으로 걸어가 문이 없는 또 다른 통로를 지났다. 그러나 그곳에는 호텔에서 흔히 볼 수 있는 뷔페가 마련되어 있는 게 아니었다. 긴 나무 테이블 위에 일정한 간격으로 몇 개의 뚜껑이 달린 그릇이 놓여 있을 뿐이었다. 금색으로 반짝이고 있지만, 아마도 강철로 만든 것 같다.

"삔다빠따*입니다."

율리안이 말하며 그릇을 가리켰다.

"뭐라고요?"

나는 놀라며 물었다.

"이것은 아침 기도 후에 먹는 아침 탁발입니다. 수도승들과 우리 수련생들은 이웃들이 기부한 것만 먹습니다. 이것은 기부받을

---

* Piṇḍapāta, 托鉢, 불교 수행법 중 하나로 돌아다니며 먹을 것을 구하는 것

음식을 담는 그릇이고요."

'어떤 이웃을 말하는 거지?' 의문을 가지며 주변에 사람 한 명 없던 울창한 열대 우림을 떠올렸다.

"그렇군요."

적당히 대답했지만, 배가 너무 고파서 제대로 생각할 수 없었다.

"그럼 저는 바로 저 카페로 가서 회사 업무 좀 볼게요."

나는 곧 산책할 수도 있다는 생각에 기쁜 마음으로 말했다.

"안드레아스, 그건 좋은 생각이 아닌 것 같아요. 여기에서는 빡빡한 일정에 따라 움직여야 하고, 또 오늘 아침에 발견한 다른 것도 보여드리고 싶어요."

율리안은 내 어깨를 두드리며 리셉션 홀로 돌아갔다.

나는 그를 따라갔다. 그 순간 그 자리에서 도망쳐 다시 그 낡은 버스를 타고 집으로 돌아가는 비행기를 타고 싶었다.

"어떻게 해서든 회사에 전화하거나 최소한 메시지라도 보내야 해. 아직 이메일에도 답장을 못 했는데 지금 당장 회사에서 나의 전문지식이 필요하다고 하면 어쩌지?"

나는 율리안이 눈치채지 못하게 혼잣말했다.

율리안은 내가 전날 그를 발견했던 벽에 멈춰 섰다.

"안드레아스, 보세요."

그가 속삭이듯 말하며 손가락으로 칠판을 가리켰다. 어두운 배경 위에 흰색 분필로 '안드레아스 베르거 – 라마승[*]'이라고 적혀 있었다.

나는 무슨 말인지 도통 몰랐다.

"무슨 뜻인가요, 율리안?"

"라마승은 티베트어로 '지도자'나 '고위 사제'를 뜻합니다. 어제저녁 우리 가운데 앉았던 수도승이 바로 라마승입니다."

나는 그래도 무슨 말인지 이해하지 못했다.

"그러니까 그게 무슨 뜻이죠?"

나 빼고 다른 사람은 모두 이해했을 거라는 생각에 약간 짜증이 나서 물었다.

"달라이 라마승을 아시죠? 여기에 적혀 있는 걸 보세요, 안드레아스. 여기에는 '줄리안 브뤼겐 – 수련생 옌스'라고 적혀 있어요. 지난 3개월 동안 사원을 방문한 다른 모든 임시 수도승의 이름이에요."

나는 커다란 칠판에 적혀 있는 글을 위에서부터 아래로 쭉 읽었다.

"모두가 '수련생 선생'이라고 적혀 있는데, 우리 둘만이 현재 그냥 '수련생'이네요."

---

[*] 티베트 불교에서 활불(영원히 깨끗한 혼을 얻게 되는 존재)이 되기 위해 엄격한 수행을 거듭하는 영적 지도자

놀라서 말했다.

"왜 사원의 수석 수도승이 저만 가르쳐야 하지요? 누가 정한 건가요?"

율리안에게 다시 물었다. 그러고는 분명 린다가 VIP 패키지를 예약한 게 틀림없다고 생각하며 올라가는 입꼬리를 내버려 두었다.

"그건 라마승께서 첫 만남 때 결정하십니다."

율리안이 정중하게 설명했다.

머릿속에 수많은 생각이 스쳐 지나갔다.

'왜 나였을까? 내가 부자인 걸 알아차려서 후한 기부를 바라는 것은 아닌가? 아니면 고통스럽게 긴 시간 동안 버스를 타고 열대 우림을 지나 힘들게 하이킹을 마친 내가 그렇게 불쌍해 보였나?'

뭐가 됐든 어떤 방식으로든 더 존중받는다는 느낌에 갑자기 기분이 좋아졌다.

그 순간 아침에 나를 깨웠던 것과 비슷한 큰 징 소리가 울렸다. 율리안이 어제저녁 우리가 기도를 드렸던 방의 방향을 향해 고개를 끄덕였다.

우리는 천천히 방으로 들어갔다. 방 안은 기분 좋게 시원했지만, 부처상 뒤의 활짝 열린 커다란 문으로 들어오는 찜통 공기가 느껴졌다. 나는 전날 저녁에 사용했던 방석에 앉아 약간 서툴게 그 위에 몸을 눕혔다. 나와 율리안 외에는 아무도 없다. 황금빛으

70   청회색 눈

로 빛나는 거대한 부처상은 경외심을 불러일으켰다. 눈은 살짝 뜨고 있고 시선은 바닥의 한 지점을 향했다. 다리는 일종의 책상다리 자세로 꼬여 있고, 발은 허벅지 위에 놓여 있다. 부처상의 왼손은 손바닥이 위를 향하도록 하고 무릎 위에 얹어져 있다. 오른팔은 앞으로 쭉 뻗어 있고, 손은 오른쪽 다리 무릎 위에 놓여 있다. 부처상의 머리 위에는 뾰족한 모자 같은 것이 올려져 있다.

나는 책상다리 자세를 하고 앉아 있느라 힘들어서 허벅지 안쪽에 통증을 느꼈다. 그 순간, 수도승들이 승복 속에 두 손을 넣은 채 한 줄로 천천히 조심스럽게 방으로 들어왔다. 그들은 우리에게 인사도 하지 않고 부처상 앞의 첫 번째 줄에 있는 담요 위에 앉아 손바닥을 하늘 방향으로 한 뒤 두 손을 무릎 위에 올려놓았다.

아침 기도는 30분 정도 진행된 것 같다. 내가 추정하기에 그렇다. 나는 방 안에 롤렉스 시계를 양말에 싸서 신발 속에 숨겨두고 나왔다.

기도가 끝나자, 율리안은 전날 저녁에 보여주었던 의식을 다시 시작했다. 합장한 손바닥을 이마에 대고 동시에 머리를 숙이는 것이다. 나는 그를 따라 했지만, 다른 수도승들은 이런 동작을 하지 않았다.

다시 30분이 지난 후, 발을 부처상 쪽으로 향하지 않도록 주의하며 다시 일어났다. 수도승들은 방의 다른 끝 쪽 공간으로 물러났다.

"안드레아스, 저는 오후에 떠날 거예요. 오늘이 사원 생활의 마지막 날이에요."

율리안은 나를 보며 말했다.

이 말을 듣자 나는 어쩔 줄 몰라 당황스럽기도 하고 다소 실망하기도 했다. 어쩌면 슬픈 감정도 들었다. 우리는 만난 지 하루밖에 되지 않지만, 율리안은 나의 동반자가 되어 사원에서의 생활에 대해 모든 것을 설명해 주고 내 질문에 대해 친절하게 답해 주었다. 나는 율리안에게 내 감정을 표현할 수 있는 적당한 말을 찾았다. 하지만 때마침 방에서 돌아오는 수도승들에 의해 이 일은 중단되었다. 수도승들의 승복 속에 싸인 채, 전날 긴 나무 탁자 위에 놓여있던 금색 그릇들을 보았다. 수도승들은 나와 율리안을 약 1미터 정도 떨어진 거리에서 지나갔다. 율리안은 곧바로 고개를 숙이고 수도승들이 우리를 지나갈 때까지 기다렸다. 나도 율리안과 똑같이 행동했다. 잠시 후 나는 율리안을 바라보며 눈썹을 치켜들고 의아한 표정으로 어깨를 으쓱 들어 올렸다.

"우리는 저분들에게 존경심을 보여야 합니다. 이것도 곧 배우게 될 겁니다."

율리안은 대답하며 그릇이 있는 방 쪽으로 후다닥 나를 끌어당겼다. 율리안은 그릇을 가져다가 자기 승복 안에 넣고 안쪽에서 손으로 그릇을 꽉 쥐었다. 나는 묻지도 따지지도 않고 그대로 따라 했다. 나는 배가 고팠고 이 행동의 의미를 생각하기에는 너무 무기력했다. 우리는 리셉션 홀을 지나서 내가 라마승의 제자가 되었다고 적혀 있는 칠판을 지나 밖으로 나갔다.

태양이 뜨겁게 타올라 마치 모닥불에 가까이 서 있는 것 같다. 눈을 가늘게 뜨고 내려다보니 수도승들이 계단 아래에 서 있다.

우리는 승복 속에 있는 그릇을 손으로 꽉 쥔 채 계단을 천천히 내려갔다. 아래로 내려가니 빽빽한 나무 잎사귀들이 우리를 직사광선으로부터 보호해 주었다. 라마승은 우리 앞에 서 있고, 다른 수도승들은 우리보다 몇 미터 앞에서 내가 전날 사원에 들어갔을 때 밟고 지나갔던 길을 걸어가고 있다. 어떻게 보면 그 상황은 나에게 굉장히 압도적이었다. 나는 라마승에게서 일종의 겸손함과 지극한 존경심을 느꼈다. 전에는 전혀 느끼지 못했던 생소한 감정이다. 내 인생에서 나는 늘 최정상에 있는 사람이었다. 모두가 나를 존경했고, 나는 늘 지시하던 그런 사람이었다.

라마승이 움직이기 시작하면서 다른 수도승들도 그를 따라 길을 걸어갔다. 율리안과 함께 뒤따라가다 순간 라마승이 신발을 신고 있지 않다는 것을 알아차렸다. 라마승은 열대 우림을 지나는 좁은 흙길 위 울퉁불퉁한 바위투성이 돌길을 맨발로 걸었다.

승복을 입은 채로 그릇과 샌들을 들고 얼마간 조용히 걸어가던 율리안은 팔꿈치로 내 옆구리를 살짝 치면서, 고개를 움직이며 라마승 쪽을 가리켰다.

"왜요?"

나는 부드럽게 속삭였다.

"라마승하고 편안하게 이야기해도 돼요, 안드레아스."

율리안이 말했다.

그가 말한 것을 믿어도 될지 의심스러웠다. 라마승은 접근하기 어려울 정도로 무척 냉담해 보였다. 그러나 그는 내가 사용하는 독일어를 구사했고 또 칠판에 적혀 있는 대로 나에게 배정된 수도승이다. 나는 그의 뒤를 따라가다가 말을 걸어보기로 했다. 그와의 간격을 좁히기 위해 조금 더 빨리 걸었다. 약 1미터 정도 뒤에서 그를 쫓아가면서 어떻게 먼저 말을 건넬지 고민했다.

그 순간 그가 먼저 나에게 말을 건넸다.

"안녕하세요, 안드레아스, 오늘은 어떠세요?"

"네, 고맙습니다. 좋습니다. 다만 휴대폰을 사용하고 싶고, 정말로 회사에 전화하고 싶습니다. 잠은 아주 잘 잤습니다. 그런데 무척 배가 고프네요."

나는 하고 싶은 말을 요약해서 모조리 말했다.

"당신의 회사는 잘 되고 있습니다. 믿음을 가지세요."

라마승은 대답했다. 그의 목소리에는 사람을 안심시키는 무언

청회색 눈

가가 있지만 나는 오히려 그의 권위를 느꼈다.

나는 어떻게 대답해야 할지 몰라서 화제를 바꿔 대화를 이었다.

"신발 없이 걸으면 아프지 않으세요?"

조심스럽게 물었다. 순간, 이 상황이 매우 낯설게 느껴졌다. 나는 존경심과 경외심을 가져야 할 사람을 만나는 데 익숙하지 않은 것이다.

"고통은 피할 수 없는 것이며, 고통은 자발적인 것입니다."

라마승은 웃으며 대답했다.

정말 멋진 대답이다.

'만약 내가 머무는 동안 그가 계속해서 수수께끼와 인용문으로만 말한다면, 나는 여기서 도망치고 말 거야.'

나는 평소 명확하고 올바르게 이야기하는 것을 좋아하는 사람이다. 그런 생각을 하며 걷는 동안 우리는 사람들이 자주 다녀 고르게 닦인 길에서 벗어나 더 좁은 길로 접어들었다. 그사이 나는 점점 더 고르지 못한 지면과 힘겹게 씨름하고 있었다. 언제 등장할지 모르는 장애물에 시선을 집중하면서 가시와 뾰족한 돌을 피하려고 노력했다.

"안드레아스, 땅이 아니라 수평선을 올려다봐요."

라마승은 긴장하여 힘든 내 걸음걸이를 보면서 말했다.

"근데 그러면 바닥 위의 뾰족한 돌을 밟거나 가시덤불에 걸릴

지도 모르는데요."

나는 라마승의 말에 짜증이 나서 대답했다.

"그 반대입니다. 앞을 보세요."

라마승은 말했다.

구체적으로 잘 설명되지 않는 그의 충고를 마지못해 받아들인 나는 바닥에서 시선을 떼고 정면을 바라보았다. 우리 앞을 걷던 수도승들도 마찬가지로 시선을 앞으로 향했다. 내 바로 뒤에서 따라오던 율리안은 바다과 수평선을 번갈아 바라보았다. 하지만 나는 정말로 시선을 뗄 수가 없다. 샌들을 신고 있지만 무언가에 발을 헛디딜지도 모른다는 두려움이 너무 컸기 때문이다.

"얼마나 더 걸어가야 하지요? 율리안의 얘기로는 산기슭 마을까지 걸어서 거기에서 먹을 걸 구걸한다는데요."

다시 라마승에게 말을 걸었다.

"그곳에 도착할 때까지 걸으면 됩니다."

그는 간단하게 대답했다. 무성의하게 들리는 그의 대답은 여전히 이해되지 않았다. 라마승은 이렇게 덧붙였다.

"우리는 구걸하지 않습니다. 마을 사람들은 좋은 업보를 얻기 위해 음식을 기부하는 것이지요. 우선 산책을 즐기시고, 식사하고 난 후에 이야기를 나누지요, 안드레아스."

나는 묵묵히 그의 말을 따랐다.

청회색 눈

계곡으로 내려가는 길은 매우 힘들었다. 신고 있던 큰 샌들이 벗겨지지 않도록 걸을 때마다 종아리 근육에 긴장감이 실렸다. 이 시간대에는 태양과 더불어 열기가 무척 강렬했다. 너무 더웠다. 우리는 울창한 열대 우림을 벗어나 좁은 도로에 도착했다. 여기에는 아무것도 보이지 않았다. 사람도, 동물도, 차량도 없다. 아스팔트 위로 반사되는 열기 탓에 나는 땀을 뻘뻘 흘리기 시작했다. 우리는 한참 동안 텅 빈 도로를 따라 걷다가 마을에 도착했다. 율리안이 말한 그 카페가 보였다. 그곳에서는 인터넷이 되니까 회사에 전화를 걸 수 있을 것으로 생각했다. 너무 배고프고 지쳐서 나는 그것만 염두에 두고 다른 생각은 아예 하지 않았다. 몇몇 아이들이 길거리 한가운데에서 뛰어놀고 있다. 우리가 오는 것을 보고는 아이들이 기뻐하며 각자 집으로 달려갔다. 얼마 뒤, 약 20명의 마을 사람이 그릇과 큰 숟가락을 들고 길가로 나왔다. 마치 누군가 조용한 경보 알람을 울린 것처럼 거리 전체가 사람들로 가득 찼다. 수도승들과 율리안, 그리고 나는 첫 번째 줄에 선 여성을 향해 걸어갔다. 나는 어떻게 행동해야 할지 몰라 고민하다가 앞에 걷는 수도승들을 그대로 따라 하기로 마음먹었다. 첫 번째 수도승은 자기 승복 속에서 금색 그릇을 꺼내 뚜껑을 열고 그 여성 앞에 멈춰 섰다. 여성은 환하게 웃고 있다. 그녀는 미소를 지으며 큰 숟가락으로 밥 두 숟가락을 그릇에 담고 두 손을 가슴께에서 맞대는 와이를 하며 절을 했다. 수도승은 별다른 반응이 없다. 고맙다는 말도, 와이도, 미소도, 제스처도 없다. 다른 수도승들도 그와 똑같이 행동했다.

이제 내 차례이다. 그 여성은 큰 숟가락으로 내 그릇에도 밥 두 숟가락을 담아 주며 기쁨에 넘친 표정을 지었다. 그릇에서는 갓 지은 구수한 밥 냄새가 났다. 그녀는 나에게 인사하며 절을 했는데, 내 몸에 닿지 않도록 조심했다. 나는 여행을 떠나기 전 책에서 수도승은 여성과 닿으면 안 된다는 내용을 읽은 적이 있다. 아무튼 이 탁발 절차는 거리에 나온 모든 사람에게 반복되었다. 이제 우리에게는 쌀도 풍부했고, 오이 몇 개와 내가 알지 못하는 야채, 그리고 껍질에 부드러운 가시가 있는 과일도 있다.

"람부탄입니다."

율리안이 미소를 지으며 이상하게 생긴 과일을 가리켰다.

"이렇게 맛있는 과일을 독일에서는 찾을 수 없을 겁니다."

약 30분 후에 우리는 다시 되돌아 걸었다. 거리는 깨끗하게 청소된 듯 텅 비어 있다. 태양은 아까보다 더 높이 떠 있고, 말 그대로 작열하는 태양의 위력을 온전히 발휘하고 있다. 이제는 열대 우림을 통과하는 길이 선물처럼 느껴졌다. 빽빽한 나무 잎사귀들이 우리를 태양으로부터 보호해 주었고, 더위도 약간 막아 주었다.

사원으로 돌아오자 나는 과로로 인해 다리가 불타는 것 같은 느낌을 받았다.

"무조건 운동을 더 많이 해야 합니다."

주치의의 경고가 떠올라서 속으로 웃었다. 수도승들의 얼굴에서 힘든 기색이 조금도 보이지 않으니 '의사의 말이 옳았구나.'라는 생각이 들었다.

우리는 높이가 30센티미터밖에 되지 않는 나무 테이블 앞에 무릎을 꿇고 앉아 다 함께 식사했다. 메뉴는 밥, 채소 그리고 차. 나는 힘들고 지친 탓에 식욕도 없어서 상대적으로 적은 양을 먹었다. 내가 식사를 마치는 것을 본 율리안은 팔꿈치로 내 옆구리를 가볍게 쳤다.

"안드레아스, 먹어 두세요. 낮 12시 이후로는 다음 날 아침까지 아무것도 먹어서는 안 돼요."

율리안은 내게 속삭였다.

"정말입니까?"

나는 놀라서 물었고 믿을 수 없다는 듯이 그를 바라봤다. 그는 고개를 끄덕이고 미소를 지으며 이렇게 말했다.

"어느 정도 시간이 지나면 익숙해질 겁니다."

배가 불렀지만 그의 말에 따라 밥과 채소를 더 먹었다.

식사 후에 모두 함께 설거지하고, 테이블을 청소하고, 식사 공간을 깨끗하게 치웠다. 이어서 우리는 리셉션 홀과 커다란 부처상이 있는 방, 그리고 내 방을 청소했다. 그런 다음 사원 전체를 청소하고 테라스도 쓸었다. 내가 마지막으로 혼자서 청소해 본 게 언제였는지 잠시 과거를 되돌아보았다. 정말 오랜만이라는 걸 깨닫고는 마르타가 잠깐 생각났다. 지금 그녀는 우리 집에서 무엇을 하고 있을지 궁금했다.

하루의 나머지 시간을 기도와 명상으로 보냈는데, 머릿속에 너무 많은 생각이 들어서 마음이 편해지기는커녕 견디기 힘들었다.

오후에는 다 함께 커다란 정원에서 관목과 나무를 돌보았다. 이 일은 내게 대수롭지 않았다. 그 당시에 회사에 전화한다든지, 이메일을 확인하거나 회사 회계 장부를 확인할 생각은 하지 않았다. 그 날은 새로운 느낌으로 가득 차서 그냥 휙 하고 지나갔다.

저녁이 되자 율리안은 여행용 가방과 일상복을 들고 리셉션 홀에 서서 수도승들에게 합장하고 절하며 작별 인사를 했다.

수도승들은 평소처럼 미동도 없고, 라마승만 미소를 지으며 인사했다.

"잘 가세요, 율리안. 내년에 봅시다."

나는 라마승이 어떤 특별한 지위를 가지고 있는 건 아닌지 궁금했다. 그는 다른 수도승처럼 행동하지 않는다. 적어도 내가 다큐멘터리에서 보던 모습과는 달랐다. 일종의 현대적 버전의 수도승 같다.

청회색 눈

율리안은 내게 다가와 안아 주며 이렇게 말했다.

"올해 제가 여기에 있을 수 있는 시간은 끝났어요. 저는 오늘 돌아갑니다. 제가 처음 이곳에 왔을 때가 아직도 기억납니다. 수년 전 이 홀에 처음 들어섰을 때 모든 것이 낯설고 새로웠지요. 몇 가지 조언을 드리고 싶어요. 자신을 내려놓고 자신에게 좋은 모든 것을 가져가고, 집에 대한 생각을 너무 많이 하지 마십시오. 당신이 원래 지내던 곳은 아무 문제없이 잘 돌아가고 있으니까요. 그냥 그렇게 믿기만 하면 된답니다."

나는 미소를 지으며, 그와 함께한 시간에 대해 감사하다고 말했다.

"저를 도와주고 사원에서의 생활에 적응하도록 가르쳐 준 그 모든 것에 대해 감사드려요. 율리안, 이제 마음이 좀 더 편안해진 것 같아요."

"안드레아스."

율리안은 잠시 말을 멈추고 내 어깨에 손을 얹으며 말했다. "제가 당신에게 보여 준 것은 여기서 당신이 기대한 것 중 일부에 불과합니다. 그때 제가 그랬던 것처럼 당신은 아직 아무것도 몰라요. 잘될 거예요. 저를 믿으세요."

그리고 나에게 고맙다는 듯 고개를 끄덕이고는 돌아서서 나갔다.

나는 태국 열대 우림 한가운데에 있는 사원에서 수도승들과 홀로 있다. 바로 이 순간이 라마승이 나를 돌봐주던 시점이다. 라마승이 나에게 준 가르침과 교훈은 평생 잊을 수 없을 것이다.

✦

태국 높은 산 정글 속 사원에서 수도승들과 함께 산 지 3일 차가 되었다. 하루하루는 늘 똑같았다. 오전 5시에 정원에서 거대한 징 소리가 울리면 그 소리에 일어났다. 이날은 징 소리가 울리기 전에 이미 잠에서 깼다. 내 롤렉스 시계를 보니 오전 4시 43분이다. 아침 기도가 끝나면 산기슭 마을을 돌며 식사를 동냥하는, 이른바 탁발을 했다. 아침 식사는 매일 그렇듯이 간단하고 빈약했다. 야채를 곁들인 밥과 디저트로 과일이 있다. 거기에다 차도 있는데 차는 꽤 풍성했다. 고기는 한 번도 식탁에 오른 적이 없다. 아침 식사 후에는 사원을 구석구석 철저히 청소한 후 명상 시간이 이어졌다. 나는 항상 명상에 참여했지만, 결코 제대로 된 안식과 평화를 찾지 못했다. 낮 12시 이후로는 더 이상 정해진 식사는 없다. 음식 섭취는 물과 차로 제한되었다.

세 번째 날, 나는 체중이 감소했다는 것을 알았다. '아마도 물만 마셔서 그렇겠지.'라고 생각했다. 이전에 수많은 다이어트를 시도해 봤지만, 결과는 항상 똑같았다. 요요 현상으로 결국 다이

청회색 눈

어트 전보다 몸무게가 더 많이 늘었다.

우리는 늦은 저녁 시간까지 명상하고, 이어서 기도를 마치고 깊이 잠을 잤다.

돌이켜 생각하면, 라마승은 내가 수도승으로서의 삶을 맛보도록 하기 위해 일부러 나를 며칠 동안 쉬게 두었던 것 같다. 그날로 그 일이 모두 끝났다.

오후에는 정원에 갔다. 커다란 야자수 아래 돌로 만든 의자에 앉아 열대 우림의 소리를 듣고 있었다. 그때 라마승이 천천히 다가와 내 옆에 앉았다. 나는 즉시 허리를 꼿꼿이 세우고 바른 자세를 취하며 정중하게 보이려고 노력했다. 지금까지 나는 늘 모든 사람에게 존경과 두려움을 받아왔기 때문에 이런 내 모습이 낯설었다.

"진정하세요."

라마승이 웃으며 내 어깨에 손을 얹으며 말했다.

"저에게 뭐 물어보고 싶은 게 있나요?"

"질문이요?"

나는 의아해하며 대답했다.

"네, 뭐 물어보고 싶은 표정인데요. 편하게 질문하세요."

라마승은 차분한 목소리다. 나는 이렇게 말했다.

"제 비서가 왜 제가 이곳에서 휴가를 보내길 바랐는지 궁금해하고 있습니다. 저는 이런 곳에 한 번도 와본 적이 없거든요. 그리고 제가 사실상 회사를 돌봐야 한다는 것도 그녀는 잘 알고 있거든요. 저는 이곳에 도착하고 나서는 회사에 전화는커녕 이메일도 확인하지 못했습니다. 저는 회사의 소유주이자 사장이라 회사를 돌봐야만 합니다. 계속 신경이 쓰이네요."

"안드레아스, 당신은 직원들을 신뢰하나요?"

라마승이 물었다.

"네, 물론이죠, 하지만 여전히 제가 통제하지요. 결국 회사의 모든 일은 제 책임이니까요."

"그럼 어떤 기분이 드나요? 당신의 회사가 잘 되고 있나요?"

라마승이 계속 물었다.

"네, 그런 것 같긴 한데, 확실하진 않습니다. 이렇게 오랫동안 연락이 끊긴 적은 한 번도 없었거든요."

내가 시계를 보면서 말했다.

"그럼 어떤 것이 확실한 건가요? 안드레아스, 당신에게 성공이란 무엇을 의미하나요?"

라마승이 상체를 내 쪽으로 돌리며 물었다.

'갑자기 그런 질문을 하면 어떻게 대답해야 하는 거지? 무슨 의도로 물어보는 걸까…?' 나는 속으로 생각했다.

"나는 돈을 많이 벌고, 좋은 집을 소유하고, 내가 원하는 모든 것을 살 수 있을 때 성공했다고 생각합니다."

라마승은 나를 바라보며 잠시 침묵했다. 잠시 후 그는 다음과 같이 아주 길게 말했다.

"안드레아스, 제 이야기를 잠시 해도 될까요? 저는 여기 수랏타니에서 태어났어요. 제가 3살 때 어머니는 저를 독일로 데려갔습니다. 저는 독일 학교에 다니고, 아비투어[*]를 마쳐서 대학에 진학해 법학을 공부할 계획이었지요. 왜 그랬을까요? 법학을 전공하면 돈을 많이 벌 수 있으니까? 정말 그럴까요?

어머니는 제게 항상 말씀하셨죠. 내가 하고 싶은 일을 마음대로 하고 선택도 원하는 대로 할 수 있되, 하나의 조건만 충족하라고 말이죠. 그것은 바로 나의 뿌리, 나의 가치관이자 나의 세계관을 확고히 하기 위해 1년 동안 수도승으로 살아야 한다는 것이었습니다. 저는 어머니의 제안을 받아들였습니다. 그래서 저는 독일에서 1년 동안 불교 사원에서 살았습니다. 거기에서는 태국과 티베트에서 온 많은 수도승이 몇 주 동안 머물렀다가 다시 떠났습니다. 왔다 갔다 하는 그런 생활이었지요.

그해에 저는 대학에 입학해서 법학을 전공했습니다. 졸업하고 변호사가 되었지요. 저는 유명 인사들과 중요한 사람들의 변호를 맡았습니다. 사람들의 눈에는 성공한 사람이라고 비쳤겠지요. 저

* Abitur, 독일의 고등학교 졸업 시험, 대학 입학 자격 시험

는 제 개인 로펌을 더 많이 차리고 계속 변호사를 고용하며 몇 년간 회사를 확장해 나갔습니다. 이후 6월의 어느 화창한 수요일, 특별한 지원자가 찾아왔습니다. 저는 그날을 잊지 못합니다. 평소처럼 면접을 진행했습니다. 아마 안드레아스 당신도 CEO이시니까 아시겠지만, 비슷한 경험이 있을 겁니다. 면접이 끝날 때쯤 마지막으로 지원자에게 궁금한 점이 더 있는지 물어봤습니다. 그는 저에게 '당신은 왜 변호사가 되셨습니까?'라고 물었습니다. 저는 '돈을 많이 벌고, 성공한 인생을 살고 싶어서요.'라고 답했습니다. 그는 큰 눈으로 저를 바라보며 아무 말 없이 면접실을 나갔습니다.

저는 완전히 당황했습니다. 다음 날 저는 그 면접자에게 전화해서 전날의 행동에 관해 물었습니다. 제 마음속에 뭔가 찜찜한 게 있어서 안정되지 않았거든요. 그는 저와 함께 일하고 싶지 않다고 말했습니다. 그 이유는, 제가 무엇이 중요한지 전혀 모르고 있다는 것이었습니다. 그는 돈을 버는 것과 성공하는 것은 별개의 일이며 돈은 인생에서 중요한 것이 아니라고 했습니다. 그는 제가 일 자체에서 의미를 찾지 못하고 돈만 생각하고 있다고 비판하며, 이러한 태도가 필연적으로는 실패로 이어질 것이라고 단정했습니다."

그는 계속 말을 이었다.

청회색 눈

"저는 그의 말이 이해되지 않았지만, 저를 겨냥해서 강하게 비판하는 말이라는 것을 알아차렸습니다.

언젠가 저는 경제계 유명 인사들을 대변하는 대형 소송을 담당한 적이 있습니다. 저는 그가 유죄임을 알고 있었지만, 독일의 법률 시스템에 따라 제가 할 수 있는 최선을 다해 변호해야 했습니다. 우리는 승소했고 그는 무죄 판결을 받았습니다. 그 후 그 경제계 인사는 제게 와서 '보다시피 돈은 진실보다 더 강력하고, 돈으로 진실을 살 수도 있는 것이겠지요.'라고 말했습니다.

다음날 제가 검사에게 갔더니 검사는 공소장을 읽어 주며 제 의뢰인이 증인을 매수했을 가능성이 있다고 말했지만, 그것을 증명할 수가 없다고 했습니다. 저는 분노했습니다. 그것은 정의에 대한 제 생각과 달랐습니다. 언제나 말씀하시던 어머니의 말씀이 떠올랐습니다.

'다른 사람들에게 화를 내지 마라. 원하든 원치 않든 업보는 누구에게나 다시금 되돌아오는 것이다.'

그 순간부터 저는 저 자신에게 다른 질문을 던졌습니다.

'내가 정말 원하는 것은 무엇인가?',

'내가 세상에 존재하는 이유는 무엇인가?'

이 두 가지가 대표적인 질문이었습니다. 저는 도서관에 갔고 거기서 내가 답을 찾을 수 있을 것 같은 책을 모조리 읽었습니다. 레오나르도 다빈치Leonardo da Vinci, 알베르트 아인슈타인Albert Einstein, 라인홀트 메스너Reinhold Messner에 대해 읽으면서, 예상하지 못했던 답을 얻었습니다. 문제는 제가 그것을 읽기만 했다는 것입니다. 저는 책 내용은 이해하고 있었지만, 몇 년 후 방콕의 사원에서 만난 제 첫 번째 라마승은 저에게 '알면서 아무것도 하지 않는 것은 모르는 것과 같다.'라는 부처님의 한 구절을 인용하여 말씀해 주셨습니다. 이것은 제가 안드레아스 당신에게도 간절히 전하고 싶은 구절입니다.

그 이후 저는 가장 성공한 변호사로서의 삶과 작별을 고하고 고국으로 돌아가기로 결심했습니다. 저는 법률 사무소를 정리하고 저의 모든 소유물을 팔았으며, 제 출생지인 이곳으로 돌아올 때까지 수년 동안 방콕의 여러 사원에서 살았습니다.

저는 불교도이며 수도승입니다. 하지만 모든 사람에게 적용되는 단 하나의 길은 없다는 것도 배웠습니다.

인생에 대한 이상적인 해결책은 없습니다. 저는 다른 충동, 다른 종교, 다른 세계관에 대해 전적으로 열려 있습니다. 우리는 다른 것을 믿는다고 해서 누군가를 비난하지 않으며, 저 역시도 몇 가지 전통적인 불교적 관점을 나름대로 다르게 정의했습니다. 안드레아스, 당신은 오직 회사를 위해서만 살고 있습니다. 그런 삶도 괜찮습니다. 당신이 여기 있는 동안 저는 당신에게 다른 관점

청회색 눈

으로 사물을 바라볼 수 있게 도와드리고 싶습니다. 어떻게 대처하고 받아들일지는 당신 스스로 결정할 일입니다."

갑자기 라마승에 대해 너무 많은 정보가 내게 들어왔다. 그는 스스로 몇 가지 규칙을 만들었고 나는 매우 혼란스러웠다. 전통적인 수도승은 200개 이상의 규칙을 준수해야 한다. 라마승은 계속해서 말했다.

"안드레아스, 당신은 어느 순간이 되면 만족한다고 말할 수 있을까요?"

"회사 매출을 늘리고 세계에서 가장 큰 회사로 성장했을 때이지요."

나는 당연하게 대답했다.

"안드레아스, 어떻게 생각하실지 모르겠지만. 제게 어떤 숫자를 말씀해 주세요. 당신은 분명히 특정 숫자를 염두에 두고 있을 겁니다."

그는 매우 강렬한 눈빛으로 나를 바라보았다.

나는 한 번도 들어보지 못한 질문에 대해 곰곰이 생각해야 했다. 그리고 마침내 나는 다음과 같이 대답했다.

"글쎄요, 제가 10억 달러를 벌었을 때요. 현재 저는 몇백만 달러를 소유하고 있습니다. 하지만 그렇다고 해서 제가 특별한 건 아닙니다. 세상에는 부자가 많으니까요. 저도 억만장자가 되면 만족할 것 같습니다."

그러자 라마승은 의자에서 일어나 따라오라는 신호를 보냈다. 우리는 천천히 사원의 뒷문을 향해 걸었다. 라마승은 가던 길을 멈추고 말없이 그저 몇 분 동안 꽃만 바라보았다.

'이 꽃이 뭐가 그렇게 흥미로운 건가요? 그냥 계속 걸어가시지요.'라고 생각하며, 길을 가다 이렇게 멈추는 것에 매우 심한 스트레스를 받았다. 몇 번이고 계속 길을 가다 멈추기를 반복한 후에, 우리는 사원으로 들어갔다. 기도를 드리는 홀을 지나 이전에는 한 번도 가본 적 없는 방으로 걸어갔다. 라마승이 문을 열어 주어 그 안을 들여다보았다. 내 방과 비슷해 보였지만, 침대가 따로 없었다. 라마승은 오른쪽에 있는 작은 찬장을 열더니 나에게 물었다.

"안쪽을 보세요. 무엇이 보이나요?"

그 찬장 안에는 내가 탁발에서 보았던 공양 그릇이 있고, 그릇 옆에는 바늘과 실 세트가 있다. 아래쪽 선반에는 정수기 필터와 숫돌이 달린 날카로운 면도칼이 있다. 내가 본 것을 그에게 설명했더니 그는 이렇게 말했다.

"이것이 제가 갖고 있는 전부입니다. 제가 어떻게 보이나요? 불만족스러울까요? 10억 달러가 없어서요?"

나는 다시 한번 그의 강렬한 눈빛을 느꼈다. 나는 어떻게 대답해야 할지 몰라 조심스럽게 말했다.

"아니요, 그렇게 생각하지 않습니다."

라마승은 별다른 대답이 없었고, 우리는 다시 큰 정원으로 되돌아가 벤치에 앉았다.

"안드레아스, 만족이라는 것은 본인이 결정하는 것입니다. 어떠한 선택이나 결정은 다른 사람에게 맡기거나 외적인 것에 의존해서는 안 됩니다.

다른 사람이나, 소유물이나, 날씨 같은 외적인 것에 의지하면 안 되는 것이지요.

당신은, 당신을 행복하고 만족스럽게 만들어주는 것이 인생의 임무라고 생각하겠지만, 그런 인간은 아예 태어나지 않습니다. 오직 당신만이 행복할 수 있습니다. 당신이 백만장자이든, 억만장자이든, 아니면 거지이든 상관없습니다. 행복은 당신 스스로 결정하는 것입니다. 그것은 당신의 사고방식, 즉 태도에 달렸습니다."

나는 살면서 처음 들어보는 말에 당황했다.

"하지만 저는 가지고 싶은 게 생기면 어떻게든 얻어낼 수 있고, 또 그런 게 저를 행복하게 만들죠."

라마승은 싱긋 웃으며 맑고 푸른 하늘을 올려다보며 말했다.

"당신은 백만장자입니다. 무엇을 꿈꾸고 있나요? 당신은 억만장자가 되고 싶다는 거죠. 그것을 달성하게 되면 어떻게 될까요? 그다음엔 무슨 일이 올까요?"

라마승의 질문에 나는 답할 수 없었다. 그 이후에 무엇이 올지 모르겠지만 일단은 억만장자가 되고 싶었다. 그건 확실했다.

"우리는 항상 더 많은 것을 갈망하는데, 그것이 끊임없는 고통을 불러일으킨다고 믿습니다. 더 원하고, 더 많은 것을 원하다가도 그다음 단계가 되면 원하는 결과를 얻지 못했다고 느끼는 것이지요."

라마승의 말을 정확히 이해하지 못했지만, 어렴풋이 무슨 말인지 알 것 같다. 나는 믿을 수 없다는 표정으로 그를 쳐다볼 뿐, 아무런 대답을 하지 못했다. 라마승은 이어서 말했다.

"생각해 보십시오, 안드레아스. 만약 당신이 차고 넘치게 행복하다면 다른 사람들을 전혀 쳐다보지 않을 겁니다. 시기심이나 부러움은, 불교에서 보기엔 항상 스스로 만들어 낸 고통입니다. 스스로 이 고통스러운 상태를 만드는 것이지요. 하지만 당신은 단순히 행복해지기를 원하지 않습니다. 다른 사람들보다 더 행복해지기를 원합니다. 그래서 당신은 은행 계좌에 10억 달러가 있는 사람들을 쳐다보고 있습니다. 무엇이 그들을 당신보다 더 행복하게 만들까요? 당신은 모르지요? 그들에게 물어본 적이 있나요? 저는 그들에게 물어보았습니다. 그들은 절대로 행복해하지 않습니다. 다르게 말하면, 그들의 부는 결코 만족의 원천이 아니라는 말이지요."

청회색 눈

"어떤 면에서 그런 것이죠?"

라마승의 말에 매료되어 물었다.

"다른 사람들에게서 무엇을 보시나요? 그들은 무엇을 드러내나요? 그들은 자기 삶에서 눈에 띄게 잘 진행되고 있는 모든 것에 대해 알려줍니다. SNS 같은 소셜 미디어에는 근사하게 저녁 식사한 것을 올리죠. 아무것도 먹지 못한 날에는 자신들의 빈 접시 사진을 찍을까요? 아니지요. 아마 당신은 모를 겁니다. 그것은 자기를 보여 주는 한 방법이지요. 그래서 가장 긍정적이고 가장 아름다운 순간들만 필터링되는 것입니다. 우리 모두가 살아가는 고통의 삶에서 걸러낸 것이죠. 원칙적으로 당신은 사람들이 실제로 무엇을 생각하고 얼마나 만족하는지 알 수 없어요. 당신이 볼 수 있는 것은 그들이 보여 주고 싶은 것들뿐입니다. 그리고 그 이미지는 대부분 매우 과장된 것이지요."

라마승의 말이 끝나자 한동안 침묵이 흘렀다. 그러다 갑자기 번쩍하고 그의 말이 내게 꼭 들어맞는 것처럼 느껴졌다. 나는 출국 당일 아침에도 습관처럼 은행 계좌 잔고를 확인했는데 소수점 앞에 더 많은 수의 0이 붙은 다른 사람들에 대해 열등감을 느꼈다. 라마승은 이어서 말했다.

"불교의 선 사상에서는 모든 동전에 양면이 있다고 말합니다. 그리고 만약 그중 한 면이 없다면, 더 이상 동전이 존재하지 않는다고 말합니다. 당신의 성공은 자동으로 실패를 포함한다는 것을 의미하는 말이지요. 당신의 성공은 본질적으로 실패와 같은 것입니다. 패배가 없다면 성공은 존재하지 않을 것이기 때문입니다."

그 말에 여러 가지 생각이 내 머릿속을 스쳐 지나갔고 그의 말을 받아들이기가 무척 어려웠다. 나는 갑자기 내 아내와 딸, 그리고 수년에 걸쳐 점점 더 좁아지는 인간관계를 생각해야 했다. 나는 라마승을 빤히 쳐다보며 물었다.

"그렇다면, 제가 가족을 잃은 것 또한 제 운명의 일부였나요?"

"아니지요, 안드레아스."

그는 대답했다.

"운명이란 무엇이라고 생각하나요?"

"운명이란 일종의 청사진이자, 신이 각자의 삶에 맞게 준 마스터플랜이라고 생각합니다."

나는 설명했다. 그러자 라마승은 나를 빤히 쳐다보며 고개를 끄덕이더니 이렇게 말했다.

"우리는 운명이 존재한다고 믿지 않습니다. 당신이 말하는 그런 의미는 아니지요. 카르마, 즉 생전이나 그 이후에 일어나는 일은 원인과 결과에 근거합니다. 현재 당신의 모습은 부유한 사업가인 안드레아스입니다. 그것은 당신이 한 행동의 결과이자 당신이 하지 않은 행동의 결과입니다. 과거에 당신이 한 행동은 자기희생

94 청회색 눈

적인 방식으로 회사를 돌보는 것이었습니다. 이에 결과적으로 당신은 많은 돈을 벌었고 오늘날 스스로 부자라고 부를 수 있는 것입니다."

나는 그를 조용히 쳐다보며 그가 무슨 말을 계속할지 궁금했다. 라마승은 계속해서 말했다.

"당신의 부작위는 가족을 충분히 돌보지 않았고, 친구를 소홀히 한 것입니다. 그래서 당신은 오늘 가족도 없이 혼자인 것입니다. 이것은 어떤 더 높은 힘이 결정한 것도 아니고 어떤 초자연적인 섭리도 아닙니다. 이 모든 것은 당신의 행동으로 당신 혼자서 해낸 것입니다."

나는 갑자기 슬프고 무척 우울해졌다.

'이 모든 것에 대해 정말 나만 책임이 있는 건가?' 나는 곰곰이 생각해 보고 수도승에게 물었다.

"만약 제가 그 모든 것을 다 했다면, 되돌릴 수 있나요? 아니면 다르게 할 수 있을까요? 처음부터 다시 시작할 수도 있나요?"

라마승은 나를 바라보며 대답했다.

"우리의 카르마는 과거를 돌이킬 수 없습니다. 그것은 사라질 수 없고 영원히 남아 있습니다. 우리 삶의 끝에 어떤 결과를 얻게 될지가 중요합니다. 당신이 얼마나 좋은 일을 했는지, 얼마나 자비롭고 친절했는지, 받은 것 중에서 얼마나 사회에 보답했는지가 중요합니다. 당신이 다음 목표를 설정할 때, 어떤 것을 희생할 준비가 되어 있는지 신중하게 생각해 보세요. 한편으로는 많은 부가 다른 한편으로는 가족에게 많은 고통을 줄 수 있다는 것을 경험하셨을 것입니다. 그것이 그만한 가치가 있을까요? 이 질문에 대한 답은 당신만이 할 수 있습니다. 처음부터 다시 시작할 수는 없습니다. 당신은 이미 중간에 와 있기 때문이지요. 당신이 한 행동과 무언가를 포기한 과거를 지울 수는 없습니다. 하지만 당신은 앞으로 모든 순간순간마다 우선순위를 다시 생각할 수 있는 기회가 있습니다."

라마승은 진지하게 미소를 지으며 계속 말을 이었다.

"부처님께서는 대부분의 사람이 자유롭지 못하다고 하십니다. 자유로워지지 못하는 이유는 단연코 집착 때문이라고 가르치십니다."

라마승이 나를 쳐다보는데, 내게서 어떠한 대답을 기대하지 않는다는 것을 알았다. 나는 침묵하며 조용히 눈물을 흘렸다. 전에 나에게 이런 이야기를 해준 사람이 아무도 없었다. 나는 회사를 이끌어야 하는 사장이고, 사람들은 내 지위와 업적에 대해 존경할 뿐, 그 어떤 비난도 하지 않았다. 그렇기에 아무도 나에게 감히 진심 어린 충고를 말해줄 수는 없었을 것이다. 나는 내 목표를 이루기 위해 실제로 얼마나 많은 것을 포기했는지 생각해 보았다.

"하지만 제가 삶에서 정말로 그렇게 나쁜 일을 많이 한 건가요? 그래서 가족을 모두 잃은 걸까요?"

라마승은 푸른 하늘을 올려다보며 이렇게 대답했다.

"그 질문에 대해서는 제가 대답할 수 없습니다. 카르마는 이번 생의 결과로 구성될 뿐만 아니라, 전생에서 비롯되어 현생의 새로운 과업을 나타낼 수도 있습니다. 그것은 아무도 모릅니다. 만약 오늘부터라도 남에게 친절한 생각을 가지고 자비롭게 행동한다면, 그 결과는 이번 생에서 나타날 필요가 없습니다. 당신에게 중요한 것은, 당신이 얼마나 편안하고 행복한지를 느끼는 것입니다. 남에게 뻗는 손길, 나누는 마음, 남을 배려하는 행위는 세상의 모든 돈보다 더 큰 기쁨과 만족감을 가져다줍니다. 당신도 분명히 느낄 수 있다고 약속하죠. 저도 그랬으니까요. 저도 그 끔찍한 돈을 가졌었습니다. 그리고 그 돈이 온 세상을 병들게 하는 것처럼 저를 병들게 했습니다. 매일매일요."

나는 그를 바라보았고, 그가 자기 말을 확신하고 있다는 것을 느낄 수 있었다. 그의 표정은 매우 친근하고 따뜻했다.

나는 그에게 물었다.

"내 카르마가 언제 시작되고, 그 일이 내 행동의 결과인지 아닌지 어떻게 알 수 있나요?"

라마승은 대답했다.

"모든 것은 당신이 한 행동의 결과입니다. 우리는 어떤 일이 왜 일어나는지 모르죠. 살다 보면 종종 의심스러운 상황에 부닥치게 됩니다. 과학은 많은 것을 설명할 수 있지만 어떤 것들은 과학적으로 설명할 수 없습니다. 우리 마을에는 7살짜리 작은 소년이 있습니다. 그 아이는 야자수에 기어올라 코코넛을 수확하는 것을 좋아했는데, 작년에 야자수 나무 위에서 30미터 아래로 떨어져 바닥에 머리가 부딪쳤습니다. 구경하던 주변 사람들은 충격을 받았으며, 누구도 이 추락 사고에서 소년이 살아날 수 있다고 예상하지 못했습니다. 다행히 소년은 살아남았지만, 이 소년이 왜 죽지 않았는지 과학 전문 지식으로도 설명할 수 없습니다. 이처럼 어떤 것들은 설명할 수 없습니다. 하지만 우리는 이런 현상을 설명하기 위해 카르마를 받아들일 태도를 취해야 합니다."

나는 그를 보며 말했다.

"소년이 운이 좋았네요. 그런 일도 일어날 수 있겠죠."

라마승은 웃으며 답했다.

"그렇게 생각하는 것도 일종의 태도입니다. 아시다시피 우리 이웃 마을에는 마을 원로가 한 분 계십니다. 그분께 가서 왜 가족을 잃었는지 물어보면 대답을 들을 수 있을 겁니다. 아마도 그는 200년 전에 당신 조상 중 한 명이 이 카르마를 불러일으켰고 이제 당신이 그것을 처리해야 할 차례라고 말할 겁니다. 당신이 원

청회색 눈

로의 말을 믿든, 믿지 않든 아무 상관 없습니다. 어찌 됐든 그 사람은 미치지 않으려면 그런 사건들을 따로 분류할 수 있어야 한다고 말하죠. 대부분의 사람은 증명할 수 있는 것, 자기 눈으로 볼 수 있는 것만 믿습니다. 하지만 인간의 시야는 매우 제한적입니다. 보세요."

그는 손으로 빽빽한 연꽃이 있는 방향을 가리켰다. 울창한 나뭇잎의 그늘에서 작은 토끼 한 마리가 이리저리 뛰어다니고 있다.

"토끼는 인간보다 훨씬 더 넓은 시야를 갖고 있어요. 심지어 주변의 소리를 더 잘 듣고, 냄새도 더 잘 맡을 수 있습니다. 토끼의 눈에는 보이고 설명할 수 있는 모든 것을, 우리는 볼 수 없기 때문에 아예 말도 안 되는 것으로 일축한다는 의미입니다. 우리는 감각이 매우 제한되어 있지만 그 감각으로 세상 전체를 파악하려고 합니다. 그것은 쉽게 작동하지 않습니다. 당신은 눈으로 보고, 귀로 듣고, 냄새로 인지하는 것만이 진리일 것이라고 믿으시나요?"

나는 당황해서 꿀꺽 침을 삼키며 대답하지 못했다. 그는 어떤 표정이나 제스처 없이 조용하고 차분하게 말했지만, 별다른 정치인이나 유명인의 말을 합친 것보다 더 강력한 에너지로 다가왔다. 나는 정신을 가다듬는 데 대략 1분 정도 걸렸고 떨리는 목소리로 말했다.

"그럼 다른 길이 있는지 알려줄 수 있나요? 당신에게서 모든 것을 배우고 싶고, 그런 다음에 그것이 저에게 좋은 것인지 스스로 결정할 수 있을 것 같습니다."

라마승은 웃으며 나에게 따라오라고 말했다. 널찍한 테라스 가까이에 있는 탁자 위에는 대나무 컵 받침에 찻주전자와 유리잔 두 개가 놓여 있다.

"앉으세요."

라마승은 머리로 바닥 쪽을 가리켰다. 나는 따뜻한 바닥에 다리를 꼬고 앉아 그가 잔을 내 무릎 위에 내려놓는 것을 지켜보았다. 어떤 일이 일어날지 예측할 수 없어 나는 혼란스러운 표정으로 그를 바라보았다.

라마승은 내 옆에 앉더니 찻주전자를 들어서 내 잔에 뜨거운 차를 따르기 시작했다.

"고맙습니다."

유리잔이 절반 이상 채워졌을 때, 나는 고개를 끄덕이며 라마승에게 고맙다고 말하며 충분하다는 것을 알렸다. 하지만 그는 계속 차를 따랐고 어느새 유리잔 맨 위까지 가득 채워졌다. 그는 멈추지 않았고 뜨거운 차는 내 다리와 무릎으로 흘러내렸다. 나는 고통을 느끼며 유리잔을 쳐내고 본능적으로 뛰어올랐다. 정말 화가 났다.

"유리잔이 이미 가득 찼는데 왜 계속 따르는 겁니까?"

고통으로 일그러진 얼굴로 나는 승복에서 차를 떨쳐내려고 했지만 실패했다. 라마승은 침착하게 내 옆에 앉아 찻주전자를 조심스럽게 옆 바닥에 내려놓은 뒤 나를 바라보며 차분하게 말했다.

"당신은 더 많은 것을 배우고 더 많은 것을 알고 싶어 합니다. 모든 것을 경험하고 싶어 하죠. 이것이 그 결과입니다. 당신은 이미 유리잔처럼 가득 차 있습니다. 당신의 머리는 생각으로 가득 차 있고, 선입견으로 가득 차 있고, 그리고 지금까지의 경험으로 가득 차 있습니다. 이 찻잔이 당신의 머리입니다. 찻잔은 이미 가득 차 있습니다. 어떻게 더 들어갈 수 있단 말입니까?"

"저 때문이군요. 하지만 제게 끓는 물을 붓는 대신 말로 설명해 주시면 되잖아요."

나는 여전히 짜증을 내며 대답했다.

"그러니까 제가 여기서 아무것도 배울 수 없다는 말씀인가요? 그렇다면 제가 왜 여기에 있는 거죠?"

"저는 이번 사건이 좋은 비망록으로 남을 것 같은데요. 당신이 이 순간을 잊을 수 있을까요?"

그가 웃으며 계속 말했다.

"안드레아스, 누구나 물건을 치울 수 있습니다. 중요한 것은 당신이 예전부터 가지고 있던 생각과 판단 기준을 버리고, 그 잔을 비워 놓는 것입니다. 그제야 우리는 함께 새로운 내용물을 채워 넣을 수 있습니다. 결국 어떤 내용물이 더 매력적일지 결정하는 것은 당신 자신입니다. 제가 당신을 선택한 이유는 당신이 어떤 사람인지 알기 때문입니다. 당신이 부유한 사업가이기 때문에 사람들이 당신을 존중하고 특별하게 대해 주는 것을 중요하게 여기겠지요. 당신을 보면 예전의 제 모습이 떠오릅니다. 당신이 사원에서 머무르는 3주 동안 우리가 사물을 어떻게 바라보는지 보여드리고 싶습니다. 이것이 효과가 있으려면 당신의 사고 패턴에 작별을 고하고 이러한 것들을 받아들여야 합니다. 당신이 그것들을 좋다고 생각하든 나쁘다고 생각하든 그것은 중요하지 않습니다. 지금은 그냥 받아들여야 하며, 나중에야 그것들을 어떻게 다룰지 결정할 수 있습니다. 잘 따라오실 수 있겠습니까?"

나는 태국의 무더운 햇볕 아래, 속옷에 차를 쏟은 상태로 엉거주춤 일어섰다. 이제 모든 것에 맞설 마음의 준비를 하고서 라마승에게 힘없이 대답했다.

"알겠습니다."

라마승은 칭찬하며 머리를 끄덕였고 일어나서 나에게 따라오라고 손짓했다. 우리는 커다란 리셉션 홀을 지나, 쾌적하고 시원한 돌바닥을 가로질러 사원 입구로 나갔다. 온도 차이가 엄청났다. 긴 계단을 내려가다가 나는 정원에 샌들을 두고 왔다는 사실을 깨달았다. 잔디와 시원한 돌바닥은 맨발로 걷기에 좋지만, 열대 우림의 울퉁불퉁한 길은 그렇지 않다.

"샌들 좀 빨리 가지고 올게요."

라마승에게 말하며 돌아서서 뛰어가려고 했다. 그 순간 나는 그의 이름조차 모르고 있다는 사실을 깨달았다.

"저는 당신을 항상 라마승이라고 불렀는데, 혹시 성함을 여쭤봐도 될까요?"

라마승은 미소를 지으며 대답했다.

"제 이름은 나타퐁입니다. 그리고 안드레아스."

내가 사원으로 다시 돌아가려던 찰나에 그가 나를 막으며 말했다.

"신발은 필요 없을 겁니다. 저를 따라오시지요."

미소를 짓고는 걷기 시작했다.

나는 내 앞의 바닥을 의심스러운 눈초리로 내려다보았다. 땅은 기분 좋게 시원했지만, 지면에는 날카로운 돌과 나뭇가지, 나무 열매들이 무수히 많았다.

어쨌든 우리는 맨발로 열대 우림을 걸어갔다. 나는 발바닥을 다치지 않기 위해 이런저런 보호 자세를 취했지만, 나타퐁은 지평선에 시선을 고정한 채 아무 문제 없이 숲 바닥을 뚜벅뚜벅 걸어갔다. 나는 돌멩이를 하나하나, 날카로운 나뭇가지를 하나하나 느졌으며 그러다 내 발에서 피가 난다는 것을 알았다.

"저는 좀 쉬어야 할 것 같아요!"

10미터 정도 내 앞에서 걷고 있던 나타퐁을 향해 외쳤다. 하지만 그는 내 말을 듣지 못했고, 듣고 싶지 않은 것처럼 보였다. 그는 아무렇지 않은 듯 계속 걸어갔다.

나는 울퉁불퉁한 땅을 저주하며 걸었다. 힘든 나머지 걷는 속도가 더뎌져 우리 사이의 거리는 점점 더 멀어졌다. 마침내 저 멀리서 나타퐁이 멈춰 서 있는 것이 보였다. 내가 그를 거의 다 따라잡았을 때는 그의 옆에 화살표가 그려진 두 개의 표지판이 보였다. 내가 막 사원에 도착했을 때 봤던 그 표지판이다.

나타퐁은 절뚝거리며 달려오는 내 모습을 보고 만족스럽게 미소를 지었다.

"이런 바닥을 걸으면서 제가 배운 교훈이 도대체 뭐죠? 당신처럼 소란을 피우지 말고 그냥 맨발로 이 바닥을 걸어야 한다는 건가요?"

나는 피가 나는 내 발을 손으로 가리키며 화난 목소리로 말했다.

"아닙니다, 안드레아스."

그는 웃으며 말했다.

"신발 없이 걷는 것은 그냥 습관일 뿐입니다. 걸을 때 왜 아픈지 그 이유를 아시나요?"

"네, 물론 알지요. 여기 날카로운 돌들이 엄청 많아서 그런 거 잖아요."

나는 학생 역할에 불편함을 느끼며 짜증스럽게 대답했다.

"안드레아스, 그 이유는 여기에서만 찾을 수 있답니다."

그가 검지로 나의 이마를 톡톡 치며 말했다.

"아프다고 생각하니까 아프게 느끼는 겁니다. 맨발로 이 바닥을 다치지 않고 걷는 것이 불가능하다고 생각하겠지요. 사실은 그렇지 않습니다. 생각하는 것이 곧 현실에 작용할 것입니다. 그것이 바로 생각의 힘입니다. 하지만 이것은 나중에 설명하겠습니다. 지금 여기서는 다른 것을 보여드리겠습니다."

나타퐁은 두 개의 방향으로 화살표가 그려진 표지판 앞에 서서 머리를 살짝 뒤로 젖힌 채 위를 올려다보았다.

"안드레아스, 여기서 무슨 생각을 하셨나요? 이 갈림길에서 말입니다."

나는 며칠 전 사원에 도착했던 때를 떠올리니 다시 분노와 원망이 솟았다.

"어떤 길을 선택해야 할지 고민하다가 오른쪽 길이 더 접근하기 쉬워 보여서 오른쪽으로 갔습니다."

"표지판뿐만 아니라 여기저기 적혀 있는 모든 것이 진실은 아닙니다. 왼쪽 길에는 무엇이 있는지 확인해 보셨나요?"

나타풍의 질문에 답을 생각하다 쓸모없는 질문이라고 여겼다.

"만약 제가 왼쪽 길을 선택했다면, 뚫고 지나갈 수 없는 덤불을 통과해야 했을 것이고, 몸도 훨씬 더 힘들었을 것입니다."

나타풍은 손바닥으로 하늘을 향해 팔을 뻗어 좁고 덤불이 무성한 왼쪽 길을 가리켰다.

"그러면 직접 가서 보십시오. 많은 사람이 저지르는 실수는 모든 대안을 알지 못한 채 결정하는 것입니다. 사람들은 항상 서두르며 빠르고 쉽게 얻을 수 있는 정보에만 의존해서 결정합니다. 학교에서 혹은 어린 시절에 배웠을 것입니다. 잘 닦여진 길이 목적지에 더 편하게 도착할 수 있다고 말입니다. 이제 직접 가서 한번 보세요."

그전에 나는 발밑에 묻은 흙을 손으로 닦았는데, 수많은 작은 상처로 손바닥이 빨갛게 변한 것을 보았다.

그 순간 나는 나타풍에게 반항하고 싶었다. 무언가를 배우는 과정임을 알고 있지만 그 의미가 이해되지 않았다. 나는 표지판을 지나 손으로 덤불 몇 개를 밀치면서 왼쪽 길로 들어섰다. 놀랍게도 그 길은 무성한 풀이 우거져 있어서 발이 정말 편했다. 나는 나타풍을 향해 고개를 돌렸고, 그는 좁은 길을 따라 아무런 표정 없이 나를 따라왔다.

몇 미터 지나자 길이 구부러져 있다. 나타풍이 내 뒤를 바짝

청회색 눈

쫓아왔다. 갑자기 나는 사원 입구 반대편에 있는 사원의 외벽 앞에 서 있었다. '이게 아닌데.' 나는 깜짝 놀랐다. 힘들어 보였던 왼쪽의 좁은 길을 따라 걸었더니 사원에 금방 도착할 수 있었다. 뒤를 돌아보니 나타퐁의 미소 짓는 얼굴이 보였다.

"걱정하지 마세요, 안드레아스. 지금까지 모든 방문객은 오른쪽 길을 걸었지요. 아무도 이 길을 걷지 않았답니다. 그 이유를 아시겠어요?"

"아니요."

이제야 나타퐁이 하는 말의 의도를 알아차리고 겸연쩍게 중얼거렸다. 나는 살아오면서 많은 이야기를 들었고 많은 조언을 받았지만, 결국에는 내가 옳다고 생각하는 방식으로 일을 진행해 왔다.

"당신이 숲 한가운데서 짐을 들고 혼자 서 있었을 때, 가야 할 방향을 잃고, 혼자였죠. 그때 당신은 매우 감정적으로 예민해져 있었죠? 아마도 화가 많이 났을 거고요."

나타퐁이 물었다.

"네, 맞아요. 저는 표지판을 봐도 무슨 말인지 알 수가 없었어요. 언어도 이해하지 못했고, 날씨는 무척 더웠고, 저를 도와줄 사람도 없었거든요."

"맞아요. 그럴 때가 찾아오면 먼저 감정에서 벗어나야 한다는 걸 기억하세요. 감정은 올바른 결정을 내리는 데 도움이 되지 않습니다. 감정은 당신을 도울 수 없습니다. 분노, 스트레스, 원한은 때때로 나중에 자연스럽게 후회를 불러 옵니다. 무슨 말인지 아시겠어요?"

나타퐁이 물었다.

나는 그 사실을 알고 있었고, 과거에 직원을 해고했을 때의 상황을 생각하지 않을 수 없었다. 중요한 프로젝트가 실패로 끝난 직후에 직원 한 명이 나에게 찾아와 특별 휴가를 요청했다. 나는 업무 협상 파트너의 고집 때문에 마지막 순간에 협상이 결렬되어 화가 나 있는 상태였다. 하필 그 순간에 오랫동안 함께 일했던 직원이 나를 찾아와 부적절하고 무례한 특별 휴가를 요청했다. 불과 몇 시간 뒤 나는 내 결정을 깊이 후회하고, 그 직원을 다시 고용했다. 나타퐁은 다음과 같이 덧붙였다.

"인생에는 많은 일이 일어납니다. 좋은 일도 있고 좋지 않은 일도 있지요. 인생은 고통입니다. 그것은 그냥 인생의 일부분일 뿐입니다. 그 고통을 어떻게 대처하느냐가 중요합니다. 당신은 짐을 잔뜩 지고 땀을 흘리며 지친 상태로 숲 한가운데에 서 있었지요? 날씨가 너무 더워서 화가 났고요. 어느 길로 가야 할지 몰라서 화가 났을 수도 있습니다. 아니면 도와줄 사람이 없어서 화가 났을 수도 있겠지요. 이런 상황에 대처하는 방법을 말씀드릴게요.

교통 체증에 갇혔을 때 차 안에서 화를 내지 않는 방법, 휴가 중에 비가 와도 화를 내지 않는 방법도 알려드릴게요. 언제든지 적용할 수 있습니다."

마침내 영적인 지혜 대신에 실질적인 조언을 해준다는 사실이 기뻐 그를 쳐다보며 이야기에 몰입했다.

"비결은 감정적으로 만드는 것들을 인식하는 것입니다. 그리고 감정적으로 만드는 것들을 받아들이고, 그런 일이 일어나도록 내버려두는 것입니다. 어떤 상황에서는 '이런, 젠장. 이번 협상이 잘못되고 있어.'라고 말해서는 안 됩니다. 대신 '좋아, 협상이 잘못되고 있는 것 같아. 기분이 상당히 우울한걸.'이라고 말해야 합니다. 무슨 말인지 이해하시겠어요?"

아니, 나는 무슨 말인지 이해하지 못하고 의아한 표정으로 나타퐁을 쳐다보았다.

이어서 그는 다음과 같이 말했다.

"무엇이 감정적으로 만드는지 깨달아야만 그것을 바꿀 수 있습니다. 그 이유가 무엇인지 알아채지도 못한다면, 어떻게 바꿀 수 있을까요? 어제 제가 생각이 중요하다고 말씀드렸지요, 기억나시죠? 제가 설명해 드릴게요. 생각하는 것은 감정을 만들고, 감정은 행동을 만들고, 행동은 성격을 만들고, 성격은 카르마 측면에서, 즉 업의 관점에서 미래를 만듭니다. 안드레아스, 원칙적으로 미래는 생각으로 결정됩니다. 예를 들어, 내 스승님이 말했던 것처럼, 오늘 조금만 웃으면 미래에도 조금만 웃을 수 있다는 것입니다. 항상 그렇습니다. 지금 웃지 않으면 미래에도 웃기 힘듭니다. 지금 울면 미래에도 울고, 지금 화를 내면 미래에도 화를 냅니다. 이제 이 갈림길에 서 있다고 상상해 보십시오. 어디로 가야 할지 모르고, 표지판에 쓰인 언어도 이해하지 못합니다. 왜 화가 날까요? 이 상황을 바꿀 수 있을까요? 힘들 겁니다. 어떻게 바꿀 수 있을까요? 답은 방금 일어난 일에 있습니다. 바꿀 수 있는 것은 그것에 대한 감정적 반응입니다. 무엇이 화나게 하는 것인지 인식하십시오. 그러면 삶이 얼마나 쉬워지는지 알게 될 것입니다."

"그렇다면 어떻게 상황이 나에게 긍정적으로 해결될까요? 제 상황 자체가 지금 아주 좋지 않은데요."

"네, 물론입니다. 제가 말했듯이, 당신이 원하든 원치 않든 어떤 일들은 계속 일어납니다. 세상에서 가장 부유한 사람들에게도 말이죠. 그들 역시 카르마의 법칙을 극복할 수 없습니다. 상황 자체가 긍정적으로 해결되지는 않을 것입니다. 중요한 것은 그것에 대한 당신의 태도입니다. 물론 상황에 만족하지 않을 수 있으며, 그것을 바꿔보려고 노력할 수 있습니다."

나타퐁은 계속 말했다.

"상황을 받아들인다는 것은 현재 상황에 대해 분명한 'OK'를 의미합니다. 24시간 하루 종일 어떤 일이 있더라도 그렇습니다. 왜냐하면 상황이 이미 그렇게 되어 있으니까요. 이해하시나요, 안드레아스?"

나는 조금씩 이해하기 시작했다.

그는 이어서 물었다.

"당신은 참을 수 없는 상황에 부닥친 적이 있었나요? 도저히 받아들일 수 없는 상황 말입니다."

"네, 비교적 자주 있었습니다."

"그런 상황에서 어떻게 대처하셨나요?"

"글쎄요, 저는 그 상황을 바꿔보고자 해결책을 찾으려고 노력했습니다. 왜냐하면 그 상황 자체를 용납할 수 없었으니까요. 예를 들어, 제 딸이 14살에 집을 나가고 싶다고 했을 때 그랬습니다. 도저히 받아들일 수 없었지요. 딸이 너무 어렸으니까요."

나타퐁은 고개를 끄덕였다.

"네, 이해합니다. 어떻게 해결하셨나요?"

"딸은 제가 아무리 화를 내도 집을 나가겠다고 고집을 부렸습니다. 딸은 매일 그 이야기를 꺼냈고, 아내와 딸의 친구들이 저에게 반대를 권유했습니다. 저는 딸이 미성년자였기 때문에 그 의견을 받아들였습니다."

나타퐁은 대답했다.

"우리가 인간으로서 겪는 고통의 대부분은 우리 마음에 들지 않는 것에 대한 반항에서 비롯합니다. 우리는 우리가 가진 모든 수단을 동원해 그것에 맞서 싸우게 되죠."

나는 잠시 생각하고 대답했다.

"하지만 제가 보기에 뭔가 정당하지 않고 옳지 않다면 이를 거절하는 것도 제 의무라고 생각합니다."

나타퐁이 나를 쳐다보며 고개를 끄덕였다.

"그렇습니다. 폭력을 사용하지 않는 선에서 말이지요. 물론, 우리는 부당한 상황을 그냥 무작정 받아들여서는 안 됩니다. 저는 평생 그런 싸움을 해왔습니다. 하지만 제가 말하고자 하는 것은 다릅니다. 그것은 사람으로서의 당신에 관한 문제 즉, 당신 개인에 관한 문제입니다. 특정 상황이 당신에게 불러일으키는 감정에 관한 문제라는 것입니다. 당신은 당신의 신념에 부응하지 않는 사람들에게 화를 냅니다. 하지만 그 부담은 누가 지는 것일까요? 바로 당신일까요, 아니면 다른 사람들일까요? 당신 자신입니다. 당신은 가족을 잃은 것에 관해 이야기할 때 슬픔을 느낍니다. 당신은 이미 일어난 일에 대해 반항하고 있습니다. 조금 더 이야기해 보겠습니다."

나는 고개를 짧게 끄덕였으며 이 대화가 어디로 이어질지 알

청회색 눈

수 없었다.

나타퐁은 덧붙였다.

"다음 상황을 상상해 보세요. 한 직원이 고민이 있다며 면담을 요청했다고 칩시다. 그 직원은 직장에서 자신의 가치를 인정받지 못한다고 말합니다. 당신은 그 이유를 물어봤고, 그 직원은 당신이 자신에게 시간을 내어주지 않고 자신을 거의 알아주지 않는다고 대답합니다. 또 당신은 자신이 아닌 상사와 대화한다고…, 저도 이런 유사한 상황을 많이 겪어봤기 때문에 이 상황을 잘 압니다. 순간 당신은 화가 나지만, 더 중요한 업무가 잡혀 있고, 당신의 수많은 직원과 긴밀하게 연락하기에는 시간이 너무 부족하다고 생각합니다. 이 순간 화를 내면 당신에게 무슨 소용이 있을까요?"

나는 나타퐁을 바라보며 할 말을 잃었다.

나타퐁은 계속해서 다음과 같이 말했다.

"당신은 한 사이클 안에 빠져 있습니다. 당신의 직원이 원하는 대로 반응하지 않으면, 당신은 화를 냅니다. 그러면 이 패턴은 당신 마음속에 더 깊이 자리 잡게 됩니다. 이와 비슷한 상황에 부닥치면 항상 같은 감정에 빠지게 됩니다. 그 감정은 다시 마음속 더 깊숙이 들어갑니다. 장담하건대, 이 지구상에서 당신 주변에서 일어나는 모든 일에 만족하는 날은 단 하루도 없을 것입니다. 모든 사람은 각자 자신만의 생각을 지니고 있고, 그 직원은 이 순간에도 같은 느낌을 가지고 있습니다. 당신이 그의 생각에 따라 반응하지 않는다는 것이지요. 두 사람 모두 서로에게 대적하고 있는 것입니다. 이 경우 누구에게 도움이 되는 걸까요? 아무에게도 아니죠. 그렇지 않나요? 저도 우리나라에서 가끔 일어나는 흉흉한 일들에 대해 매일 화를 낸다면, 저는 더 이상 자유롭게 생각할 수 없을 것입니다. 출신지나 종교 때문에 살해당하는 사람들이 있습니다. 그런데 제가 지금, 이 순간에 상황을 당장 바꿀 수 있나요? 아니요, 안타깝게도 바꾸지 못합니다. 그러면 화를 내서는 안 됩니다. 반발해서도 안 됩니다. 그렇게 하면 불순한 생각이 내 마음에 불쑥 들어와 스스로를 독살하게 됩니다. 이러한 상황에서 당신이 할 수 있는 것은, 물론 불가능해 보이지만, 자신에게 '아마도 그렇게 되어야 할 것 같아.'라고 말하는 것뿐입니다."

그래, 맞아. 그의 말이 옳다는 생각이 들었다.

"네, 그 말이 이해됩니다. 하지만 정말로 문제가 생기면 어떻게 하나요? 정말로 나쁜 일이 생기는 경우에는요?"

나타퐁은 미소를 지으며 승복 속으로 손을 집어넣고 내 옆을 지나쳐 갔다. 나는 말없이 그를 따라갔다. 우리는 다시 돌 벤치 위에 앉았다. 그는 조용하지만 매우 단호하게 말하기 시작했다.

"안드레아스, 당신이 최근에 겪었던 문제는 무엇이었습니까?"

나는 잠시 하늘을 올려다보며 대답했다.

"여기서는 휴대폰 전파가 안 터지고, 회사에 전화할 수 없는 게 최근 가장 큰 문제 같은데요."

"안드레아스, 그건 당신 잘못입니다."

나는 그 말을 듣고 이마를 찡그린 채 고개를 살짝 흔들었다.

'이 무슨 말도 안 되는 소리람. 휴대폰 네트워크의 열악한 통신망으로 통화가 안 되는 게 내 책임이라고?'

속으로 생각하며, 그가 이어서 뭐라고 말할지 궁금해졌다.

"당신은 방금 휴대폰이 터지지 않는 걸 문제라고 말씀하셨어요. 제가 아까 드린 말씀을 생각해 보세요. 이 문제에 대해 화를 내면 누구에게 도움이 될까요? 화를 낸다고 문제가 해결되나요? 아니면 독이 든 나쁜 생각만 하게 될까요? 여기서 휴대폰이 안 터지는 게 저한테 문제일까요? 아뇨, 저는 휴대폰을 가지고 있지 않습니다. 하지만, 본질은 저희 둘 다 같은 상황이라는 것이지요. 그렇지 않나요?"

그의 말은 명쾌했지만, 이해하기 어려웠다. 나는 열대 우림 한가운데에 있는 벤치에 앉아서 그 누구도 나에게 해준 적이 없는 이야기를 듣고 있었다. 나는 묻고 싶은 질문이 수천 가지나 있지만, 그 순간 나는 단 한 가지도 질문할 수 없었다.

그는 잠시 나를 쳐다보더니 이렇게 말했다.

"안드레아스, 어떤 상황이 당신을 괴롭히면 제 말을 떠올려 보세요. 지금부터 해 드리는 조언은 모든 상황에 적용될 겁니다. 먼저 내면을 들여다보십시오. 가장 거칠게 다루어야 하는 순간에 느끼는 감정을 느껴 보십시오. 휴대폰 수신이 되지 않아 화가 난다면, 최대한 그 감정을 느껴 보고 수용해 보세요. 절대 거부하지 마십시오. 그 감정은 당신 안에서 피어나는 것이니 환영해 주세요. 그 감정을 포용하고 가까이 끌어안으세요. 이제 그 감정이 왜 생기게 됐는지 생각해 보세요. 그 감정의 원인을 살펴보는 겁니다. 마지막 단계에서는 원인과 느낌 사이의 연관 관계를 찾으려고 노력해 보세요. 또 다른 불만족스러운 상황이 펼쳐질 때 어떻게 반응하면 좋을지 미리 생각해 보시고요. 화를 내는 모든 상황에서 이 방법을 적용하면 삶 전체가 바뀔 것입니다. 이 점은 제가 약속 드리지요."

그의 접근 방식이 다 효과가 있을지는 모르겠지만, 어쨌든 그런 상황에서는 감정이 생긴다는 것에 동의했다. 나는 그의 말대로 한번 시도해 보기로 결심했다.

나타퐁은 내가 생각에 잠겨 있는 것을 보고, 생각을 이어갈 수 있게 한참 동안 내버려두었다. 그런 다음 그는 이렇게 말했다.

"원인을 탓하지 마십시오. 원인은 삶의 기초이자 토대입니다. 원인에는 항상 결과가 있습니다. 어떤 일에 대해 어떻게 반응할지

청회색 눈

는 전적으로 당신에게 달려있습니다. 우리의 생각도 카르마를 만드는 것을 항상 염두에 두십시오. 이 세상에서 행하는 것, 말하는 것, 생각하는 것, 자제하는 그 모든 것이 카르마를 만듭니다. 그러므로 감정을 조절하고 조금 덜 예민하게 반응할 수 있다면, 훨씬 더 편안한 카르마를 만들어 낼 수 있습니다.”

바로 이 시점을 계기로 나타퐁을 대하는 나의 태도가 완전히 달라졌다. 그가 말한 모든 것이 이해되었고, 그는 나에게 모범을 보여 주고 있었다. 나는 그와 함께 지내는 모든 순간에 그에게서 뿜어져 나오는 행복감을 보았다. 말 그대로 내가 숨이 멎을만한 순간이 몇 번 더 있었다.

이미 날이 어두워졌고, 우리는 저녁 기도를 드리러 천천히 걸어갔다. 사원으로 들어가는 길에 나는 나타퐁에게 몸을 돌려 이렇게 말했다.

“질문이 하나 더 있습니다. 제가 사원으로 향하는 길에 멈춰서 선택해야 했던 표지판에는 뭐라고 쓰여 있는 건가요?”

나타퐁은 환하게 웃으며 대답했다.

“왼쪽 화살표 옆에는 ‘사원으로 가는 지름길’이라고 적혀 있고, 오른쪽 화살표 옆에는 ‘사원으로 가는 우회로’라고 적혀 있어요.”

“왼쪽 길로 바로 갔으면 좋았을 텐데, 하지만 뭐 괜찮아요. 인생이 항상 공평한 것은 아니니까요.”

나는 웃음을 터뜨리며 말했다. 나타퐁은 잠시 멈춰 서서 이렇게 말했다.

"인생은 매우 공정합니다, 안드레아스. 다만 만족스럽지 않을 뿐이지요. 특정 상황에서 도움이 되는 일은 늘 정확하게 일어납니다. 특정 상황을 극복해 내고 교훈을 얻는 데 도움이 될 수 있는 일이지요. 하지만 인생은 만족스럽지 않습니다. 당신을 올바른 길로 이끌기 위해 인생은 당신의 발 앞에 달콤한 사탕만 던져주지 않습니다. 또한 일부 상황들은 불만족스럽습니다. 우리는 세상이 우리에게 나쁜 것을 원한다고 생각하고 이해하지 못하죠. 하지만 세상은 악하지도 않고 선하지도 않습니다. 그냥 존재하며 당신에게 반응할 뿐입니다. 그것은 우리의 과업이자, 우리를 발전시킬 기회입니다. 인생은 그런 것이라고 간주해야 하고요. 인생을 살면서 매우 부적절하고 화가 나는 상황을 얼마나 자주 겪었나요?"

"글쎄요. 그런 상황은 이미 여러 차례 있었죠."

"그러면 언뜻 보기에 업무적으로 잘 해결되었던 사례가 있었습니까?"

나타퐁이 물었다.

나는 곰곰이 생각해야 했다. 그리고 그에게 대답했다.

"그렇게 된 건 딱 한 번 있어요. 하지만 문제의 핵심은 제가 그런 상황을 잘 극복하는 거겠죠, 그렇지 않습니까?"

청회색 눈

나타퐁은 나를 보며 말했다.

"무엇보다 중요한 것은 그 상황을 인식하는 것입니다. 완벽함을 위한 퍼즐의 또 다른 조각으로 받아들이는 것이지요. 우리는 무슨 일이 일어날지 절대 알지 못합니다. 동의하시죠? 하지만 모든 상황이 결국 우리에게 도움이 될 것이라는 확고한 믿음을 가지고 상황을 받아들인다면, 우리의 삶은 훨씬 더 쉬워질 것입니다."

나타퐁은 만족스럽게 웃었다. 나는 그가 지금까지 말했던 것처럼 정확히 그렇게 행동했고, 지금도 그렇게 행동하고 있음을 느꼈다.

"내일은 가벼운 여행을 떠날 것입니다. 거기서 좀 더 명확하게 얘기를 들려드리도록 하겠습니다."

이것이 그날 내가 나타퐁에게서 들었던 마지막 말이었다. 저녁 기도를 마친 후에 나는 침대에 누워 내 삶을 돌아보았다. 내가 느끼는 모든 부정적인 감정은 결국 나 자신이 책임져야 한다는 것을 깨닫고 그의 말이 전적으로 옳다고 생각했다. 이 깨달음이 한편으로는 나에게 엄청난 해방감으로 다가와 나는 저녁 늦게 산책하러 가기로 했다. 에너지가 어디론가 뿜어져 나와야 했다. 하지만 다른 한편으로는 이 사실을 더 일찍 깨닫지 못했던 나 자신을 자책하기도 했다. 그 순간 나는 휴대폰, 회사, 집에 대해 단 1초도 생각하지 않았다. 나는 자유롭고 행복한 기분이 들었지만, 왠지

모를 불안한 마음도 들었다. 내가 머무는 네 번째 밤은 그때까지
어느 때보다 가장 편안한 밤이었다.

청회색 눈

3부

호랑이, 모기, 모기

다음 날 아침 나는 시끄러운 징 소리에 깨어나 시계를 보았다.
아침 기도까지 아직 15분이나 남았다. 침대에 누워 열린 창문을
통해 내 방으로 들어오는 자연의 소리에 귀를 기울였다.

'오늘은 카페에 가서 회사에 전화를 걸고 싶다고 나타퐁에게
말해야지.' 하고 속으로 굳게 결심했다. 그동안 나는 아침 기도에
매우 즐겁게 참여했고, 그것이 나를 얼마나 진정시키는지 알게 되
었다.

나는 아직도 5명의 수도승과 나타퐁이 있는 열대 우림의 사원
에서 유일한 수습 수도승이었다. 나타퐁은 전통적인 수도승이라
기보다는 오히려 나와 같이 세상을 경험하고 세속적인 것을 버린

일종의 멘토이자 동반자로 보였다. 그는 매 순간 내가 어떤 감정을 느끼는지 이해하고 있었다.

그날도 우리는 계곡으로 내려가 지역 주민들을 만났다. 여느 날과 마찬가지로 그들은 기쁜 얼굴로 우리를 맞이하고 푸짐한 음식을 기부해 주었다. 돌아오는 길에 나는 나타퐁에게 물었다.

"오늘 우리는 어디로 여행을 가나요? 그리고 수도승들은 차를 운전해도 되나요?"

그러자 나타퐁은 나를 빤히 쳐다보았는데, 그때 나는 그가 웃음을 억누르고 있다는 것을 알았다.

"네, 물론 차를 운전해도 돼요. 심지어 버스에는 우리만을 위한 뒷좌석도 있습니다. 오늘은 정글 깊숙이 가보려고 해요."

"알겠습니다. 저희가 여기 온 이후로 계속해서 궁금했던 게 있는데, 괜찮다면 질문을 하나 더 해도 될까요?"

"안드레아스, 떠오르는 질문이 있으면 뭐든 물어봐도 돼요."

"나타퐁, 당신의 침대에는 매트리스가 없던데 그 이유가 뭔가요? 정말로 딱딱한 침대에서 자나요?"

나타퐁은 웃으며 말했다.

"네, 그렇습니다. 저는 이러한 포기가 바로 행복한 삶의 기초라고 믿어요. 만약 지구상의 모든 사람이 이런 질문을 자신에게 던진다면, 각자 더 만족스럽고 행복한 삶을 영위할 수 있을 것이

호랑이, 모기, 모기

고, 빈곤은 점차 줄어들 겁니다. '나에게 이것이 정말로 필요한 가?' 이것이 제가 매트리스가 없는 이유이고 또 제가 중요하지 않다고 선언한 다른 많은 것에 대한 사실입니다. 저는 더 적게 소유하는 상태를 위해 끊임없이 노력합니다. 이것이 저의 마음을 자유롭게 해 주죠."

그의 평정심, 놀라운 존재감, 그리고 뭔가 신비로운 품위는 나에게 깊은 인상을 남겼다. 나는 지금까지 50년 동안 살면서 배운 것보다 5일 동안 삶에 대해 더 많은 것을 배웠다.

아침 식사에 이어 제때 사원을 청소해야 한다는 것을 이미 알고 있다. 그리고 이어지는 명상도. 점심시간에 나는 정원의 돌 벤치에 앉아서 전날 나타퐁이 했던 말을 생각했다.

"안드레아스, 준비됐어요?"

나타퐁의 말에 생각을 멈췄다. 이제 여행이 시작되려는 참이다.

"여기 아래 카페에 잠시 가도 될까요? 회사에 전화해서 업무 진행이 어떻게 되고 있는지 확인해 보고 싶어서요."

나타퐁에게 물었다.

"네, 물론이죠."

내가 이유를 말하지도 않은 채 그에게서 이런 대답을 들을 줄은 몰랐다.

우리는 좁은 길을 따라 버스가 나를 내려줬던 지점까지 걸어갔다. 거기에는 오래된 도요타 한 대가 있고 운전석에 한 여성이 앉아 있다. 자동차의 계기판 위에는 금색 부처상 여러 개가 세워져 있다. 키가 150센티미터 정도 되는 작은 태국 여성이 차에서 내려 우리에게 절했다. 우리는 그녀와 조금도 닿지 않기 위해서 뒷자리에 앉았다. 나타퐁은 태국어로 그녀와 이야기를 나누어, 나는 어떤 말도 이해할 수 없었다. 그러나 왠지 느낌상 그녀가 카페에 차를 세웠다고 말하는 것을 알아차렸다.

나는 차에서 내려 휴대폰을 살펴보았다. 화면에 '네트워크 검색 중….'이라고 표시되어 있다. 그리고 그사이 수신된 전화와 메일도 보였다. 나는 환한 표정을 지었다. 그 순간, 내 휴대폰 화면이 끊임없이 깜빡였다. 알 수 없는 번호로 걸려 온 세 통의 부재중 전화, 104개의 새 이메일이 도착했다. 나는 이메일 창을 열고 수신된 메일 제목들을 빠르게 훑어보았다. 모든 이메일의 제목에는 'FYI'가 쓰여 있었다. 'For Your Interest(당신의 관심을 위해서)'의 약자인가? 라고 생각하며 이메일 하나를 열었다. 새로운 주문, 다음 이메일. 또 새로운 주문…, 메일들이 쌓여 있는 것을 믿을 수 없었다. 너무 기쁜 나머지 즉시 린다에게 전화를 걸었다.

"좋은 아침이에요, 안드레아스."

전화기 너머로 그녀의 환한 목소리를 들었다.

"린다, 안녕하세요."

호랑이, 모기, 모기

나는 첫마디를 건넸다.

"그동안 나는 전화를 받을 수 없는 상태였는데 이메일을 보니 온통 새로운 주문 의뢰네요. 여기 사원에서 전화 통화는 안 되고 메일은 아주 가끔만 볼 수 있어요. 내가 대충 훑어봤는데, 아마도 좋은 거래가…."

린다가 내 말을 가로막고 말했다.

"신규 주문이 77건입니다. 이건 한 분기 기준으로 회사 역사 상 가장 성공적인 분기로 기록될 만큼 많은 양입니다. 저희가 업무를 잘 진행하고 있어서 대표님께 따로 전화가 가지 않을 겁니다. 여긴 아무 문제없어요. 대표님께서는 편히 휴식 취하시고, 따로 걱정 안 하셔도 됩니다."

나는 린다의 말에 놀라서 무슨 말을 해야 할지 몰랐지만 내 감정을 표현하려고 노력했다.

"그래요? 그거 정말 멋지네요."

"안드레아스, 걱정하지 마세요. 언제든지 저희에게 전화해서 상황을 물어보셔도 되지만, 저희가 모든 것을 잘 통제하고 있습니다. 약속드린 대로입니다. 저는 지금 회사에 가는 중입니다. 잘 쉬시고 건강히 돌아오세요."

린다는 전화를 끊었다.

"약속대로? 그 이상이겠지."

나는 중얼거리며, 휴가를 가기로 한 것이 좋은 결정인지 곰곰이 생각했다. 어제 나타퐁의 설명대로라면, 결정하는 그 순간에는 아무것도 알 수 없는데 말이다. 만약 태국으로 가는 결정에 대한 확신이 있었다면, 많은 슬픔과 흥분, 분노를 줄일 수 있었을 것이다. 어제 나타퐁의 설명이 절대적으로 옳았음을 느낄 수 있다.

나는 당황스럽고 어리둥절하면서도 이상하리만치 침착하게 차에 올라탔다.

"당신 회사가 문제없이 운영되고 있어서 저도 기쁘네요."

나타퐁은 나를 바라보며 말했다.

"왜 그렇게 생각하시는 거죠?"

나는 놀라서 물었다.

"안드레아스, 일부 사람들은 다른 사람들이 보지 못하는 것들을 볼 수 있습니다. 제가 보기엔 회사에 아무 문제가 없는 것 같네요."

나는 만족스럽게 미소를 지었고, 갑자기 모든 긴장이 사라지는 것을 느꼈다. 이전에 경험해 보지 못한 느낌이다. 그 순간 나는 곧 떠날 여행을 엄청나게 기대했다. 그 이유를 지금도 설명할 수 없지만 그 당시에는 바로 그 순간 내가 하고 싶었던 일이라고 느꼈다. 지금은 그 여행에 대해서 차로 어떻게 이동했는지, 어떠했는지…, 정말 아무것도 기억나지 않는다. 나는 완전히 해방된 느낌이었고, 나타퐁이 보여 주고자 한 '명상'의 상태에 빠져 있었던 것 같다.

2시간 가까이 이동한 끝에, 운전기사는 바닷가에 차를 세웠다. 타이만*에 도착했다. 나타퐁과 나는 운전기사에게 작별 인사하고, 해변 쪽으로 걸어갔다. 뜨겁지만 상쾌한 바닷바람은 환상적이었다. 긍정적인 생각이 나에게 얼마나 큰 영향을 미칠 수 있는지 갑작스레 깨달았다.

'이 방법이 항상 효과가 있다면 나는 긍정적인 생각을 계속할 수 있어' 맑은 웃음을 지어 보이며 생각했다.

그렇게 약 30분 동안 우리를 바다 건너편으로 데려다줄 페리로 향했다. 목적지에 도착했더니 표지판에는 '카오 야이Khao Yai'라고 적혀 있다. 거기에서 우리는 버스를 탔다. 버스 안의 맨 뒷줄에 있는 좌석들은 실제로 수도승들만 앉을 수 있는 자리다. 나도 그들 중 한 명이다. 우리가 탑승하자, 사람들은 공손하게 머리 숙여 인사하는 와이로 우리를 맞아주었다. 우리는 몇 분 후 국립 공원에 도착했고, 나타퐁과 나는 울창한 열대 우림 속으로 걸어 들어갔다. 정글로 걸어 들어가자 서서히 어두워지기 시작했다. 매우 울창한 초목 때문에 햇빛이 내려앉지 못했다.

"여기서 뭘 해야 하지요, 나타퐁?"

---

* Gulf of Thailand, 태국 남부의 만.

"자연이 무엇을 가르쳐줄 수 있는지 살펴봅시다. 안드레아스."

우리는 열대 우림 속을 약 한 시간 정도 걸었고, 내 옷은 어느새 땀으로 흠뻑 젖었다. 하지만 나타퐁은 땀을 전혀 흘리지 않았다. 그의 시선은 항상 지평선 방향을 바라보았지만, 나는 사방에 매료되어 넋을 잃은 표정으로 주변을 살펴보았다. 화려한 색채와 높다란 크기의 식물들이 인상적이다. 갑자기 그는 내 가슴 앞으로 재빨리 손을 내밀며 멈추라는 신호를 보냈다.

"왜 그러시죠?"

나는 속삭였다.

그가 팔을 천천히 앞으로 움직이며 손가락으로 작은 공터를 가리켰다. 나는 두 손바닥을 위로 펴고 어깨를 으쓱거리며 그에게 아무것도 안 보인다는 신호를 보냈다. 그는 아무 말도 하지 않고 다시 손가락으로 작은 공터를 가리켰다. 그때 나는 무엇인가를 보았다. 그 순간 내 심장은 바지 속으로 미끄러져 들어갔다가 또 목구멍에서 뛰쳐나오려고 했다. 바로 거대한 호랑이 한 마리가 작은 공터 한가운데에 네 다리를 쭉 뻗은 채 잠든 듯 움직이지 않고 누워 있다. 나는 놀란 탓에 몸 안의 산소가 극적으로 소모되어 입을 벌려야만 했다. 나는 두려움에 꼼짝도 하지 못하고 매우 빠르게 숨을 쉬었다.

'젠장, 호랑이야! 여기서 도망쳐야 해!' 나는 속으로 외쳤다.

호랑이는 우리에게서 불과 30미터 정도밖에 떨어져 있지 않았다. 나는 나타퐁의 옷자락을 가볍게 잡아당기며 우리가 왔던 방향으로 미친 듯이 고갯짓했다. 그는 살며시 머리를 좌우로 흔들며 내 귀에 속삭였다.

"자세히 보고 관찰하십시오. 걱정하지 않으셔도 됩니다."

나는 다시 호랑이를 보았다. 호랑이는 평온하고 여유롭게 옆으로 누워 햇볕에 몸을 쬐고 있다. 네 발은 앞으로 쭉 뻗었고, 꼬리는 가끔 흙먼지 날리는 땅 위를 가볍게 두드렸다. 나는 그 모습에 매혹되었지만, 호랑이가 깨어나면 끝이라고 생각했다. 호랑이 머리 주위에는 작은 모기…, 큰 모기…, 아주 큰 모기…! 그리고 무수히 많은 곤충이 날아다녔다. 그러나 호랑이는 전혀 신경 쓰지 않는 것 같았다. 나는 그가 꼼짝도 하지 않고 가만히 누워있는 모습을 지켜보았다. 나타퐁도 그에게서 눈을 떼지 않았다. 약 20분 정도가 지나자 나타퐁은 나에게 이제 돌아갈 때가 되었다는 신호를 보냈다.

나는 안심하며 어딘가 뿌듯한 기분이 들었다. 야생에서 이렇게 멋진 호랑이를 볼 수 있다는 건 누구나 할 수 없는 엄청난 경험이었다. 돌아오는 길에 나타퐁은 작은 개울로 나를 안내했다. 폭이 약 50센티미터 정도 되는 아주 작은 개울이다. 그는 돌 위에 앉아서 나에게 그 물을 지켜보라고 말했다. 나타퐁도 옆에서 나에게 말한 대로 행동했다.

잠시 후 나타퐁은 물었다.

"호랑이를 본 소감이 어떤가요?"

나는 당시 순간을 기억하고 침을 삼키며 대답했다.

"엄청났습니다. 정말 웅장한 동물이지만 한편으로 그 근처에 있는 게 그다지 편안하지는 않았습니다."

나타퐁은 그저 고개를 끄덕였고, 우리는 작은 경사면을 따라 끊임없이 흘러내리는 물을 계속 바라보았다. 몇 분 후 목에 따끔한 느낌이 들었다. 모기가 내 목과 팔에 내려앉았다. 나는 모기를 쳐서 떨어뜨리며, 욕심 많은 모기의 흡혈 주둥이를 피하고자 격렬하게 뛰어다녔다. 나타퐁은 내 옆에 침착하게 앉아 재미있다는 듯 나를 지켜보았다. 그의 팔과 다리에는 모기가 한 마리도 없다. 그냥 몇 마리만 그의 주위를 날아다녔다. 반면에 나는 성가신 모기들로 뒤덮여 있다. 내가 다시 손을 위로 들어 팔뚝에 앉아 있는 모기 하나를 자비롭게 죽이려고 하자 나타퐁이 말했다.

"기다리세요, 안드레아스."

나는 그를 바라보며 천천히 손을 내렸다. 나타퐁은 나에게 일어나라고 하면서 울창한 열대 우림을 빠져나와 출구를 향해 걸어가자고 했다.

우리는 공원 입구로 돌아와서 벤치에 앉았다. 순간 긴장이 풀리면서 매우 피곤해졌다. 우리는 한동안 조용히 벤치에 앉아 있었고, 나타퐁이 나지막하게 물었다.

"안드레아스, 제가 당신한테 무엇을 보여주고 싶었는지 아시겠습니까?"

나는 너무 피곤해서 지친 채로 대답했다.

"잠자고 있는 호랑이와 귀찮게 하는 수많은 모기요?"

나타퐁은 미소를 지으며 말했다.

"네 맞아요. 방금 당신이 보고 경험한 일들은 많은 사람이 얼마나 편협한 시각을 지녔는지 잘 설명해 줍니다."

나는 무슨 말인지 이해가 되지 않았고, 의아한 표정으로 그를 쳐다보았다.

나타퐁이 물었다.

"호랑이와 모기는 어떤 차이가 있을까요?"

"음, 크기 차이가 있겠죠. 호랑이는 멋진 맹수이자 포식자이고 모기는 그냥 귀찮은 존재일 뿐입니다."

나타퐁은 나를 쳐다보며 대답했다.

"맞습니다. 그것이 지배적인 의견입니다. 그럼, 당신이 호랑이나 모기로 다시 태어난다고 상상해 보십시오. 당신은 그것에 대해 뭐라고 말하시겠습니까?"

"호랑이나 모기로요?"

나는 믿을 수 없다는 표정으로 물었다. 일을 하기 위해서는 인간으로만 태어나야 한다고 생각했다. 만약 호랑이로 태어난다면? 상상은 할 수 있지만 모기로 태어나는 건 전혀 아닌 것 같다.

나타퐁은 대답했다.

"우리는 동물로 환생할 수 있을지도 모릅니다. 저도 당신도, 우리는 모두 알 수 없습니다. 하지만 우리는 그렇게 된다고 믿습니다. 만약에 그게 사실이라면 어떻게 하시겠어요? 당신이 호랑이나 모기로 환생했는데, 주위 환경이 당신을 비난하고 저주하고 아무런 고려도 없이 당신을 무자비하게 죽이려고 한다면 어떻게 하시겠어요?"

나는 곰곰이 생각하다가 대답했다.

"당연히 기분이 좋지 않겠죠. 하지만 모기인 나에게 어떤 영혼이나 감정이 있는 걸까요?"

나타퐁은 나에게 몸을 완전히 돌리며 말했다.

"혹시 호랑이 공원에 가본 적이 있나요? 아니면 동물원에는요? 아니면 인터넷에서 사람들이 동물을 어떻게 학대하고 괴롭히는지 본 적이 있나요?"

"네, 봤죠."

무슨 말을 하려는 건지 다소 당황하며 대답했다.

"동물들이 어떻게 보이든가요? 행복해 보였나요?"

136

나는 고개를 저으며 답했다.

"아뇨, 우는 소리를 내고 아파 보였습니다."

나타퐁은 고개를 끄덕이며 물었다.

"그들이 우는 소리를 내고 저항하며, 학대를 당하는 순간 고함을 칠 때 어떤 생각이 들었나요? 그들은 감정이 있을까요? 그들도 감정적인 존재일까요?"

나는 고개를 끄덕였고 나타퐁은 이어서 말했다.

"방금 손바닥으로 모기를 잡았다면, 모기는 어떤 느낌이 들었을까요?"

나는 그를 바라보며 답했다.

"만약 모기가 죽지 않았다면, 아마 고통스러웠겠네요."

나타퐁은 고개를 끄덕였고 나는 어딘가 불편한 기분에 자책했다.

'내가 왜 그렇게 행동했을까? 내가 왜 그 불쌍한 동물을 죽이려고 했을까?'

나타퐁은 나를 쳐다보며 우리 뒤에 있는 주차장을 바라보았다. 거기에는 승용차 몇 대와 대형 관광버스 3대가 있다. 많은 외국인이 주차장을 돌아다니고, 담배를 피우고, 큰 소리로 이야기하며 카메라로 주변을 찍고 있다.

"안드레아스, 저기 주차장에 있는 사람 중에 얼마나 많은 사람이 인간으로 태어나는 것의 의무를 알고 있을까요?"

나는 의심스러운 눈빛으로 주차장을 바라보며 물어봤다.

"어떤 의무를 말씀하시는 건가요?"

나타퐁은 일어나서 내 앞에 섰다. 눈앞에 서 있는 나타퐁은 정말 멋진 선생님처럼 보였다. 어떤 비난도, 공부에 대한 어떤 압박도 주지 않는 멋진 선생님. 자기가 말하려는 주제에 대해 열정적으로 설명하는 선생님이다. 나는 나타퐁의 이런 멋진 모습 때문에 오늘까지도 그 의무를 지키고 있다는 생각이 들었다. 그가 말했다.

"당신은 다른 생명체를 열등한 존재로 취급할 권리가 없습니다. 모기도 정확히 호랑이만큼 소중합니다. 그리고 정확히 당신만큼 소중합니다. 인간으로 태어났다는 것은 일종의 특권입니다. 그것은 당신이 인간의 임무를 수행할 만한 긍정적인 카르마를 축적했음을 의미합니다. 당신은 니라바나*에 들어갈 가능성이 있지만 동물에게는 그런 가능성이 없습니다. 따라서 우리는 이 윤회 속에서 산다는 것에 매우 감사해야 합니다. 그리고 우리는 동물을 죽이거나 고문할 권리가 전혀 없습니다. 우리는 인간이기 때문에 그래야만 하고 더 잘 알아야 하기 때문이죠."

나는 그를 빤히 쳐다보았고 그의 말에 동의할 수밖에 없었다.

---

* Nirwana, 열반, 고대 인도 종교인 불교에서 말하는 용어로, 모든 고통과 욕망에서 벗어나 평화와 해방 상태에 도달하는 것을 말한다. 불교에서는 이것을 절대적인 행복과 희열의 상태로 생각한다.

"그런데 왜 몇몇 수도승은 육류를 먹나요?"

나타퐁은 잠시 웃다가 이렇게 답했다.

"불교 수도승들은 완벽하지 않아요. 완벽한 사람은 없지요. 예를 들어, 정원에 있는 돌 벤치에 앉는다고 상상해 보세요. 앉을 때 의도치 않게 몇 마리의 동물이 죽을 수도 있어요. 나로 인해 그런 일이 일어난 것이죠. 숨을 들이쉴 때는 미세한 생명체들도 함께 마시게 됩니다. 이건 언제나 피할 수 없습니다. 중요한 것은 사고방식과 태도 또는 주의력과 신중함이지요. 인간과 동물이 모두 감정적인 존재라는 것을 인식하는 것이 중요합니다. 저는 불교 신자로서 다른 생명체를 다치지 않게 하는 것이 제 임무입니다."

그는 앉아서 나를 바라보며 계속 말을 이어갔다.

"이것은 당신의 행동에만 적용되는 것이 아닙니다. 당신이 하는 말에도, 심지어 평소 생각에도 적용됩니다. 만약 이전에 그 모기를 의도적으로 죽인 것이라면, 그 상황에서 부정적인 카르마가 쌓인 것입니다. 인생은 우리가 눈으로 인식할 수 있는 것보다 훨씬 더 깊고 심오합니다. 따라서 우리는 어떤 동물, 식물, 감정적인 존재에게 폭력을 가하거나, 이야기하거나 심지어 생각조차 해서도 안 됩니다. 그리고 다른 사람들도 부정적으로 생각하거나 행동으로 옮기지 않게 신경 써야 합니다. 우리 혼자서는 세상을 구할 수 없습니다. 하지만 우리가 사는 세상을 조금 더 나은 곳으로 만들 수는 있습니다. 부처님은 이렇게 말씀하셨습니다.

'길은 하늘에 있는 것이 아니라 마음속에 있는 것이니라.'"

나는 그 인용구가 마음에 들었고, 지금도 나에게 일어나는 모든 상황에서 이 인용구를 떠올린다. 다른 사람이나 동물에게 해를 끼치려는 생각만으로도 우리는 서로 더욱 멀어지고 인류는 더욱 분열될 뿐이다.

"당신에게 하나 더 보여줄 게 있어요. 저를 따라오세요."

나타퐁이 말했다. 우리는 계속해서 차들이 들어오는 주차장을 가로질러 몇 미터 걸어갔다. 주차장 가장자리에는 큰 나무 한 그루가 있고 그 나무 그늘에는 커다란 코끼리 한 마리가 나무 옆에 서 있다.

"안드레아스, 코끼리를 한번 보세요. 무엇이 보이나요?"

나타퐁이 물었다.

"글쎄요, 코끼리는 우선 꽤 크네요. 이곳은 관광객들이 많이 찾는 명소인 것 같습니다. 저는 동물 학대에 반대합니다. 그게 당신이 원하는 것이라면요."

"무엇으로 고통을 받고 있다고 생각하세요?"

나는 코끼리를 다시 바라보았다. 코끼리는 묶여 있지도 않고, 주변에 쇠사슬도 없다. 코끼리는 분명히 자유 의지로 그곳에 서 있는 것 같다.

나타퐁은 말했다.

"코끼리는 태어난 직후 한동안, 이 나무에 묶여 있었어요. 그 뒤로 이곳을 떠나지 않고 있는 것이지요."

나는 그를 의아하게 바라보며 물었다.

"왜 가지 않는 것이죠?"

"코끼리가 처음에는 사슬에서 벗어나려고 했습니다. 그러나 새끼 때는 너무 작고 약해서 불가능했죠. 지금이라면 힘이 세어 충분히 가능할 것입니다. 하지만 코끼리는 더 이상 시도하지 않습니다. 눈에 보이지 않는 사슬이 그를 제자리에 묶어 놓았고, 더 이상 이곳을 떠날 수 없다고 생각하게 하였습니다. 여기서 습관의 원리를 생각할 수 있습니다. 처음에는 가벼워서 눈치채지 못하지만, 시간이 지날수록 이 습관의 사슬은 끊을 수 없을 정도로 무거워집니다. 코끼리는 이곳이 이제 자신의 자리라고 학습되어 더 이상 사슬로 묶을 필요가 없습니다. 이 사례를 생활에 적용할 수 있습니다. 당신이 지닌 좋지 않은 습관이 무엇인지 생각해 보십시오. 그러나 어떠한 방법으로도 고치려고 하지 않았기 때문에 그 습관을 여전히 지니고 있는 것이지요. 특별하게 인지하지 않는 이상 부정적인 습관은 일종의 관성처럼 그대로 유지됩니다. 그래서 모든 사람은 삶을 영위하기 위해 중요한 습관을 개발하려는 것입니다."

나는 그를 바라보며 물었다.

"무슨 뜻이지요?"

"눈을 감고, 어떤 소리가 들리는지 제게 말씀해 보세요."

나는 눈을 감고 주변 소리에 귀를 기울였다. 나타퐁이 내 어깨를 부드럽게 어루만지며 다시 눈을 떠도 좋다는 신호를 보냈다.

그는 나를 쳐다보며 내 대답을 기다렸다.

"버스가 자갈 위를 달리는 소리를 들었어요. 그리고 새 여러 마리가 크게 노래하는 소리도 들었습니다."

나타퐁은 고개를 끄덕였다.

"그런데 그걸 어떻게 아신 거지요?"

나는 당황하며 그를 쳐다보았다.

"글쎄요, 자갈 위를 달리는 타이어 소리가 어떤지 내가 알고 있고, 그리고 독일에서도 노래하는 새들이 있으니까요."

"정확합니다. 당신은 언젠가 그렇게 배웠겠죠. 타이어 소리가 버스와 연관되어 있다는 것도 알고 있고, 이 노래가 새의 목구멍에서 나온다는 것도 알고 있죠. 그럼 이렇게 연관 지어 생각하는 게 왜 중요할까요?"

내가 잠시 생각한 뒤 대답했다.

"아마도 어릴 때 배웠던 것 같아요. 그 뒤로는 결코 의문을 품지 않았어요."

"중요한 사실입니다. 그것으로 당신은 살아갈 수 있으니까요. 살기 위해서 인지 능력을 기르는 건 중요합니다. 지금, 이 순간에 모든 소음의 유발자가 누구인지 스스로에게 물어봐야 한다고 상상해 보세요. 모든 상황에서 소리, 색상, 이미지, 냄새를 새롭게 분류해야 할 것입니다. 그러면 우리 머리는 과부하에 걸리겠죠. 이러한 감각적 인상은 매 순간 새롭게 처리할 수 없습니다. 아니, 불가능합니다. 그래서 당신의 이성은 일종의 서랍 모양을 이루도록 배운 것입니다. 즉, 분류하는 법을 배운 것이지요."

"생각 서랍. 저도 알고 있습니다."

"사람에게 대부분 '생각 서랍'은 부정적인 용어입니다. 그러나 제가 말씀드리는 서랍은 매우 유용합니다. 예를 들어, 당신의 서랍 속에는 음악 소리와 함께 울리는 진동이 당신 휴대폰으로 걸려온 전화라는 정보가 있고요. 당신도 알고 있습니다. 그런 일이 발생하는 순간, 그것이 무엇인지 적극적으로 스스로에게 물어볼 필요가 없습니다. 그것은 당신의 습관 중 하나니까요. 이제 휴대폰의 존재를 알기는커녕 휴대폰을 소유한 적도 없는 태국의 고지대에 사는 노인을 상상해 보세요. 그는 진동과 멜로디 사운드에 어떻게 반응할 것 같습니까?"

나는 그의 말을 이해하고 열심히 경청했다.

나타퐁은 계속해서 말했다.

"그는 그것을 분류하지 못하고, 일단 먼저 일종의 위협이라고 받아들일 것입니다. 이처럼 모든 사람은 자기 삶에 적응하는 자신만의 특별한 서랍과 습관을 갖고 있습니다. 아까 우리가 호랑이를 보았을 때, 당신은 불안하고 두려워서 그 상황을 감당할 수 없었죠?"

나는 고개를 끄덕였다.

"여기 공원 경비원들은 호랑이를 규칙적으로 보고 있으며, 이들에게 있어서 호랑이를 본다는 것은 일종의 습관이 되었습니다. 앞서 말했듯이, 이러한 습관을 형성하는 것은 매우 중요합니다. 그리고 우리를 괴롭히고 잘못된 길로 이끄는 습관도 있습니다. 예를 들어, 약속을 지키기 위해 건강에 해로운 음식을 먹는 습관이 있으면 약속은 패스트푸드와 결합합니다. 하나의 습관이 형성되면 우리는 그것에 대해 깊이 생각하지 않죠. 그냥 무의식적으로 '외부 약속은 패스트푸드'라는 연상 작용이 이루어집니다. 그래서 많은 사람이 광고에 지속해서 노출되어 이러한 함정에 점점 더 자주 빠지게 됩니다. 누구나 한 번쯤은 자신의 습관을 파악하고 개선하려고 노력해야 합니다. 습관은 유용하거나 유용하지 않거나 둘 중 하나입니다. 그리고 습관은 항상 인생의 목표가 무엇인지, 성취하고 싶은 것이 무엇인지, 어떻게 살아가기 위해 노력하는지를 배경으로 삼죠."

호랑이, 모기, 모기

그의 말이 가슴에 와닿는 것 같다. 내가 직원들을 하대했던 기억이 떠올랐다. 나는 직원들이 열등하고 무식하며 독립심이 부족한 존재라고 여기는 습관이 있다. 그렇게 나는 배웠고, 지금까지 줄곧 그렇게 직원들을 대했다. 나는 순간 속이 메스꺼워졌고, 마음속에 일종의 나약함과 슬픔을 느꼈다. 나타퐁을 만난 이후로, 나는 이러한 가증스러운 행동을 점점 더 버리고 싶었다. 이번 여행은 더 나은 사람이 되고자 하는 신념을 더욱 단단하게 만들어 주었다. 단지 내가 돈이 많다고 해서 나를 다른 사람보다 더 높은 위치에 있다고 자만하지 않을 것이며, 마찬가지로 자연보다 우위에 올라서지도 않을 것이며, 자연을 인간의 자유로운 처분에 내맡겨진 노예라고 생각하지도 않을 것이다. 나는 머리를 숙여 오랫동안 나의 지난 삶에 대해 생각했다. 그동안 직원들, 운전사, 공항의 수하물 운반인 등 주변 사람들에게 어떻게 대했는지, 왜 내가 그 사람들보다 더 낫다고 생각했었는지 눈을 감고 돌이켜 보았는데, 갑자기 창피하면서도 매우 불편한 기분이 들었다.

나타퐁은 나의 내면에서 어떤 일이 일어나고 있는지 다 알고 있는 것 같았다.

"오늘은 긴 하루였습니다. 이제 다시 사원으로 돌아갑시다. 인내심을 가지면 곧 그림이 완성될 것입니다."

사원으로 돌아가는 길에 차에서 잠을 잤다. 저녁 명상 시간에는 아내와 딸을 생각했고, 또 내가 잘할 수 있으면서도 지금과 다르게 할 수 있는 일이 뭐가 있을지 곰곰이 생각했다.

이후 정원의 돌 벤치에 앉아서 하루를 되돌아보니 썩 기분이 좋지 않았다. 내가 나타퐁 주변에 있는 사람 중 세상에서 가장 나쁘고 부도덕한 사람이 된 것 같은 느낌이다.

나타퐁은 앉아 있는 나를 발견하고 내 옆에 앉았다. 그는 내 어깨 위에 손을 올렸고 우리는 오랫동안 아무 말 없이 침묵했다. 나는 이 사람이 얼마나 마음이 따뜻하고 넓은지, 그리고 모두에게 친절한 사람인지 느껴졌다. 나는 깊이 감동하였고, 그가 행복한 사람이라는 것을 다시 느낄 수 있었다. 그는 부정적인 생각은 하지 않았다. 그는 돈도, 자동차도, 재산도 없지만 나보다 훨씬 더 행복해 보였다.

"나타퐁, 저는 제가 가진 이 모든 것을 어떻게 내려놓아야 할지 모르겠어요. 더 나은 사람인 척하는 처신이나 태도, 그리고 소득, 영향력 혹은 출신 때문에 다른 사람을 종속시키려는 태도 등 제가 정말 어리석었던 것 같아요. 정말 죄송합니다."

"당신은 이미 지나간 것들은 바꿀 수 없어요. 다만, 오늘부터 당신이 옳다고 생각하는 대로 행동하는 것은 가능합니다. 과거는 이미 지나갔고, 과거에 대한 생각은 가치가 없습니다. 당신이 내렸던 결정, 당신이 했던 생각, 당신이 저질렀던 행동들은 결코 바

146

꿀 수 없습니다. 당신의 카르마가 당신의 삶을 지배했습니다. 하지만 오늘부터는 사랑과 친절을 기초로 해서 모든 결정, 모든 말, 모든 생각을 할 수 있겠죠."

나는 그가 옳다고 생각하며 바라보았다. 그런데도 나는 뭔가 의기소침해졌다.

나타퐁이 일어나며 말했다.

"일어서요, 안드레아스, 다리를 최대한 높이 들어 보세요."

나는 혼란스러운 표정으로 그를 쳐다보다가 그만 웃어 버렸다. 그는 항상 나를 가장 깊은 우울감의 단계에서 벗어나게 해 주었기 때문이다. 나는 일어서서 무릎을 가슴 쪽으로 최대한 높이 들어 올렸다.

나타퐁은 고개를 끄덕이며 말했다.

"당신에겐 아직 시간이 많이 남아 있어요. 우리가 죽음에 가까워질수록 우리 몸은 땅과 가까워집니다. 몸의 에너지가 땅의 에너지로 되는 것입니다. 삶의 무상함은 시간이 지남에 따라 땅으로 밀어 누릅니다. 더 이상 다리를 들어 올리기 힘들고 걷는 것도 어려워집니다. 자세는 점점 더 구부정해지고, 지구는 땅으로 끌어당기죠. 하지만 당신은 오늘도 여전히 똑바로 걷습니다. 끝날 때까지 아직 끝난 게 아닙니다. 안드레아스, 누구나 모든 것을 개선할 기회가 있습니다. 심지어 임종 시에도 태도와 사고방식을 바꿀 수 있습니다. 하지만 이것을 가급적 더 일찍 하시는 걸 추천합니다."

그는 웃으며 천천히 사원 입구를 향해 걸어갔다. 나는 그의 말이 믿을 수 없을 정도로 긍정적이고 건설적이라고 느꼈고, 이 사람을 만난 것에 대해 무한히 감사했다.

✝

며칠이 지났지만, 더위는 여전했다. 수련생으로서 수도승과 지내는 불안함은 사라졌고, 나타퐁의 가르침에 대한 열정은 날이 갈수록 더욱 커졌다. 내가 사원에서 머무른 지 2주가 지났다. 여전히 먹을 것이 거의 없고, 얼마 안 되는 음식도 건강에 좋은 음식으로 제한되어서 몸무게가 상당히 줄었다. 또한 명상과 태양 그리고 나타퐁 덕분에 매우 편안하고 안정된 상태로 지낼 수 있었다. 일주일에 한 번 나는 린다와 직접 통화하여 회사 소식도 전해 들었다. 회사는 믿을 수 없을 정도로 잘 돌아가고 있다.

놀랍도록 따뜻한 저녁이다. 나타퐁은 정원의 돌 벤치에 앉아 있는 나에게 다가왔다. 해가 이미 지고 있지만, 여전히 덥고 공기는 습했다.

"안드레아스, 내일부터 사원에서의 마지막 주가 시작되네요. 기분이 어때요?"

'벌써 마지막 주라고? 정말로?' 나는 시간이 어떻게 가는지 전혀 몰랐다.

"그 있잖아요."

나는 고민하는 듯 신중하게 대답했다.

"여기서 배우고 경험한 것들은 제 마음을 풍족하게 채워줬습니다. 저는 이 시간을 매우 감사하게 생각하며 더 이상 시간을 지체하고 싶지 않습니다. 제가 이대로 돌아가도 괜찮을까요?"

나타퐁은 늘 그랬던 것처럼 미소를 지으며 말했다.

"안드레아스, 제가 이야기 하나를 들려드릴게요."

옛날 옛적 어느 작은 마을에 뮐러라는 방앗간 주인이 살았습니다. 그는 방앗간을 운영하고 염소 몇 마리를 기르고 있어서 그 동네에서는 부자로 알려져 있습니다. 마을 사람들은 늘 말했습니다.

"뮐러 씨, 당신은 운이 좋아요. 이 마을에서 염소를 가진 유일한 사람이니까요!"

하지만 뮐러는 "누가 알겠어요?"라고만 대답했습니다.

어느 날 뮐러가 기르던 염소가 모두 울타리의 구멍으로 도망쳐 버렸습니다. 뮐러는 염소를 하나도 잡지 못했고, 마을 사람들은 뮐러 집 앞에 모여 말했습니다.

"뮐러 씨, 염소가 모두 도망쳤어요. 어떡해…, 정말 운이 없네요."

그러자 뮐러가 다시 대답했습니다.

"누가 알겠어요?"

며칠 후 새벽녘에 뮐러가 기르던 염소들이 모두 집으로 돌아왔습니다. 그뿐만 아니라 그들을 따라 다른 수많은 염소도 함께 왔습니다. 마을 사람들은 부러워하며 말했습니다.

"뮐러 씨, 당신은 운이 너무 좋아요. 이젠 염소가 더 많아졌네요!"

그러자 뮐러가 다시 대답했습니다.

"누가 알겠어요?"

어느 날 뮐러의 아들이 먼 곳을 바라보기 위해 방앗간 지붕 위로 올라가다가 떨어져서 더 이상 걸을 수 없게 됐습니다. 그러자 마을 사람들은 말했습니다.

"뮐러 씨, 아들이 더 이상 걸을 수 없다니. 당신은 정말 운이 없네요."

그러자 뮐러가 다시 대답했습니다.

"누가 알겠어요?"

며칠 후, 왕의 군대가 들이닥쳐 마을의 남성들을 모두 데려갔습니다. 하지만 군대는 뮐러의 아들을 원하지 않았습니

호랑이, 모기, 모기

다. 그러자 마을 사람들은 "뮐러 씨, 당신은 운이 정말 좋네요!"라고 말했습니다.

그러자 뮐러가 다시 대답했습니다.

"누가 알겠어요?"

나는 나타퐁의 이야기에 매료되었다. 이번에는 그 의도가 무엇인지 알 것 같았지만, 나는 활기차고 진지하게 물어보았다.

"어떤 사건이 발생했을 때 그것이 좋은 것인지, 나쁜 것인지 미리 알아차릴 수 없다는 이야기 아닌가요?"

"맞아요, 안드레아스. 아무도 알 수 없다는 것입니다. 인생의 모든 순간에는 항상 두 가지가 공존합니다. 긍정적인 면과 부정적인 면이지요. 중요한 건 관점입니다. 운동 경기에 참가하고 있다고 상상해 보세요. 500미터 달리기 경기에서 당신은 2등으로 결승선을 통과했습니다. 그럼 어떻게 생각하시나요?"

"한편으로는 2등이나 했으니 기쁠 것 같은데, 또 반대로 1등을 못 했으니 화가 날 것도 같습니다."

나타퐁은 고개를 끄덕였다.

"당신에게는 그것이 승리이면서 동시에 패배이지요. 그래서 인생의 모든 순간에는 두 가지 상황이 항상 동시에 존재합니다. 동전의 양면과 같지요."

"하지만 1등을 했다면 승리를 축하할 겁니다. 그렇지 않을까요? 1등은 패배가 없을 테니까요."

나타퐁은 대답했다.

"그건 관점에 따라 다릅니다. 2등으로 들어온 사람에게는 결과가 패배일 수 있지만, 당신에게는 승리가 될 수 있습니다. 중요한 것은 사건 자체가 아니라, 사람들이 그 사건을 서로 다른 방향에서 어떻게 인식하느냐는 것입니다. 이해하시겠습니까?"

나는 고개를 살짝 끄덕였지만, 정확히 이해한 건 아니었다.

나타퐁은 이를 알아차린 것 같았고 그래서 다음과 같이 덧붙였다.

"예를 들어, 남미에서 동물 사료를 생산하거나 열대 목재를 판매하려고, 100헥타르의 거대한 삼림이 벌목되고 있다고 상상해 보세요. 해당 지역의 토착 동식물에게 이것은 명백한 패배입니다. 그들은 자신의 생활 기반을 잃고, 심지어는 많은 사람의 목숨까지 잃습니다. 그러나 동물 사료 공장을 운영하는 사람에게는 승리입니다. 세상은 끊임없이 더 많은 고기를 원하므로 공장 운영자는 큰 이익을 얻을 수 있습니다. 열대 목재 수출업자에게도 큰 승리가 될 것입니다. 우리가 보는 것은 모두 항상 승리와 패배로 이루어져 있고, 항상 선과 악으로 이루어져 있습니다. 하지만 우리가 의식적으로 의문을 제기한다면 이러한 경계는 대개 사라집니다."

호랑이, 모기, 모기

나는 그를 바라보며 이렇게 말했다.

"그러면 세상에 나쁜 것만 있는 건 없나요? 있다면 자기가 원하는 것은 모두 가질 수 있다는 의미일 것 같은데, 그 이유가 자기 행동을 '승리'나 '선'으로 해석하는 사람이 항상 있기 때문인 거군요."

나타퐁은 대답했다.

"이론적으로는 그렇습니다. 수도승들은 모든 생각과 결정의 기초로서 자비심을 포함한 고귀한 8개의 올바른 길, 즉 팔정도에 따라 살아갑니다. 혼자서는 세상을 바꿀 수 없지만, 개개인을 변화시킬 수 있고, 그 개인은 다시 세상을 변화시킬 수 있습니다. 부처님의 말씀에 귀를 기울이면, 그 길에 이미 성공이 있다는 것을 알 수 있습니다. 통찰력과 그 뒤에 숨은 동기 부여, 올바른 생각과 올바른 행동. 그것이 바로 성공입니다."

나는 곰곰이 생각해 보았다. 이미 한 번쯤 어디선가 들어본 말이었다. 나는 말했다.

"앞으로도 행복해질 방법은 따로 없으며, 게다가 이상적인 해결책도 없으니, 자신이 하는 일에서 즐거움을 찾아야 한다는 말씀이죠."

나타퐁은 만족스러운 미소를 지었다. 나는 그 미소의 의미를 이해했다.

그날 저녁 나타풍과의 대화에서 내가 지금까지 표면만 긁었을 뿐이라는 것을 깨달았다.

"타인에게 상처 주지 않고서 생각하거나 결정을 내릴 수는 없습니다. 그런 것은 이미 없기 때문이죠. 모든 행동에는 그 대가가 따르며, 그것은 당신의 카르마에 반영됩니다. 만약 고귀한 동기에서 이타적으로 행동한다면, 긍정적인 카르마를 얻을 수 있습니다. 그러나 여전히 다른 사람에게 상처를 줄 수 있습니다. 과거의 결정이 어떻게 삶에 영향을 미쳤는지 생각해 보세요."

나는 잠시 생각하다가 순간적으로 아내가 나를 떠날 때의 상황을 떠올렸다. 그날 나는 저녁 늦게 퇴근하고 집으로 돌아왔다. 아내와 함께 저녁을 먹으려고 일찍 돌아오겠다고 아내와 약속했던 날이다. 집에 데려다 달라고 내 운전기사를 막 부르려던 찰나한 직원이 완전히 당황한 표정으로 사무실로 들어왔다. 자기 아이가 심각한 교통사고를 당해 지금 급히 병원에 가야 한다고 말했다. 그의 이야기를 듣고 충격을 받아 곧바로 택시를 불러주고 기사에게 택시비를 주며 아무 일이 없기를 기원했다. 그 순간, 나는 내 딸을 많이 생각했다. 내 딸에게 무슨 일이 생기면 어떻게 대처할지 고민해 보았다. 그리고 나는 그 직원의 업무를 다른 동료들에게 인수인계시키는 등, 약속 시간보다 두 시간이나 늦게 집에 도착했다. 현관문을 열자마자, 아내가 여행 가방을 싸고 팔짱을

긴 상태로 복도에 서 있었다.

"여보, 미안해. 근데 직원 한 명이….."

"상관없어."

그녀는 내 말을 끊고 여행 가방을 택시에 실었다.

"나머지는 나중에 가지러 올게. 넌 회사랑 결혼해, 이 나쁜 자식아!"

그게 끝이었다. 나는 어려운 처지에 있는 직원을 도와주려던 것뿐인데, 그 대가로 이런 벌을 받게 되었다. 나타퐁에게 이 이야기를 하자, 그가 물었다.

"당신은 올바른 생각으로 문제를 해결했지만, 그 일이 벌어지기 전에도 아내를 기다리게 하거나 곤경에 빠뜨린 적이 있었나요?"

나타퐁의 말을 듣고 결혼 생활을 회상해 보니 여러 번 있었다는 것을 깨달았다. 나는 매번 대표로서의 책임감으로 어쩔 수 없다고 변명했지만, 그 일로 내가 아내에게 얼마나 큰 상처를 주었는지 몰랐다. 나는 머리를 숙이고 다시 곰곰이 생각했다. 아내와 딸을 홀로 남겨두고 떠났던 모든 상황이 주마등처럼 스쳐 지나갔다. 나는 끔찍한 기분이 들었다. 항상 회사를 탓했지만, 그날 밤 모든 잘못은 나에게 있었다는 것을 깨달았다.

전부 내 잘못이다.

약 20분 동안 침묵이 흐른 후, 나는 고개를 들었다. 내 눈은

155

벌겋게 충혈되었고 눈물이 뺨을 타고 흘러내리고 있다. 나는 나타풍에게 간절히 물었다.

"제가 더 좋은 사람이 되려면 어떻게 해야 할까요? 저도 당신처럼 행복해지려면 어떻게 해야 할까요?"

나타풍은 벤치에서 일어나 내 앞에 똑바로 서서 말했다.

"안드레아스, 당신은 이제 막 시작했어요. 깨닫는 게 첫 번째 관문이자 가장 중요한 단계입니다. 오늘은 이만합시다. 저녁 기도를 드리고 당신의 소원과 희망을 우주에 전합시다. 그러면 알게 될 거예요. 당신이 생각하는 것이 이루어진다는 것을 말입니다."

그날 저녁 나타풍의 말에 따라 이전과는 다르게 해 보았다. 저녁 기도와 명상은 형언할 수 없을 정도로 강렬했고, 내가 한 말 뒤에 따르는 강력한 의미를 느낄 수 있었다. 나는 우주가 내 목소리를 듣고 나의 억누를 수 없는 변화의 의지를 느끼길 바랐다.

그날 밤 나는 잠을 이룰 수가 없었다. 새로운 생각에 행복감이 넘쳐서 마음을 진정시킬 수가 없었다. 내가 침대에 누웠을 때, 바로 그 순간 내가 내릴 결정이 분명해졌다.

4부

누가 알겠어요?

다음 날 아침, 징 소리가 매정하게 나를 잠에서 깨웠다.

나는 롤렉스 손목시계를 보면서 얼마나 오래 잠을 잤는지 계산해 보았다. '최대 두 시간 정도'라고 생각하고 침대 가장자리에 앉았다. 날씨가 흐렸지만, 그렇다고 더위가 가시지는 않았다. 나는 매일 아침 20도가 넘는 상태에서 기상하는 것에 익숙해졌다.

탁발, 아침 식사, 그리고 아침 기도는 평소처럼 진행되었다. 이후 이어진 명상 시간에는 전날 저녁의 소원을 집중적으로 되풀이했다. 나타퐁과 나는 정원의 돌 벤치에서 주로 앉는 자리를 찾았다. 매일 그곳에 앉아 자연을 관찰하거나 열대 우림의 소리를 듣곤 했다. 나는 그 돌 벤치를 '지혜의 벤치'라고 불렀다.

"나타퐁, 고민이 있어요. 제가 겪었던 부정적인 것을 모두 더이상 내 인생에서 느끼고 싶지 않고, 미래에는 더 나은 사람이 되고 싶어요. 어떻게 해야 할지 알려 주세요."

나타퐁은 고개를 들어 나를 쳐다보며 말했다.

"안드레아스, 그건 그렇게 단편적으로 생각해서 될 일이 아닙니다. 우선 당신이 겪은 모든 일은 이미 과거형입니다. 일단 그 경험을 감사해야 해요. 우리는 모두 특정한 임무를 지니고 이 세상에 태어납니다. 전생에서 겪은 경험과 더불어 태어나는 것이지요. 그것이 업보, 즉 카르마입니다. 이 카르마는 현세의 모든 것을 버릴 수 있을 때까지 항상 당신과 동반합니다. 그게 바로 당신입니다. 그렇게 당신은 세상에 태어났고, 당신의 기본적인 태도는 결단코 변하지 않을 것입니다. 우리의 영혼은 우리의 임무, 즉 인간이 되는 것을 완성할 수 있는 부모를 선택합니다. 당신의 임무가 무엇이든, 수학, 논리학 또는 묵상으로는 그것을 찾지 못할 것입니다. 그것은 명상에서 찾을 수 있습니다. 그것도 절대적 정적 속에서 찾을 수 있으며, 또한 시끄럽고 공격적인 세상에서 벗어난 은둔에서 찾을 수 있을 것입니다. 그것은 수면 아래 깊은 곳에 있으며 빙산의 밑바닥에 묻혀 있습니다. 우리 각자는 완전한 인간이 되겠다는 중요한 목표를 지니고 있습니다. 모든 사람은 각자 이 여행의 서로 다른 지점에서 시작합니다. 따라서 자신에게 일어난 부정적인 일을 모두 나쁘게만 볼 필요는 없습니다. 제가 어제 한 이야기를 잊지 마세요. 모든 패배는 다른 차원의 승리이며, 그 반대의 경우도 마찬가지입니다. 부정적으로 받아들이거나 나쁜 경험으로 간주했던 일들은 오늘날 수행하는 데에 도움이 되었습니다. 지금까지 당신에게 일어난 모든 일에 감사해야 합니다. 감사하는 마음은 인간으로서 가질 수 있는 가장 중요한 자질 중 하나입니다. 당신은 무엇을 감사하고 있나요?"

나타퐁의 설명을 완전히 이해한 건 아니지만, 자세하게 설명해주지 않아도 직접 느끼고 깨달아야 한다는 것으로 받아들였다.

"우리 회사, 멋진 아내, 사랑하는 딸, 운전기사에게 감사하고 있습니다."

"좋습니다."

"그럼, 당신의 신체에 대해서도 감사한가요? 두 다리와 두 팔이 건강하다는 것과 들을 수 있고, 볼 수 있고, 냄새를 맡을 수 있고, 맛을 볼 수 있으며, 느낄 수 있는 것에 감사한가요? 매일 태양이 뜬다는 것에 대해서도 감사한가요? 그리고 당신에게 도움을 주었던 사람들과 당신에게 상처를 주었던 모든 사람에게도 감사한가요?"

나는 대답했다.

"저에게 상처를 줬던 사람들에게는 감사한 마음이 전혀 없죠.

그 외에 말씀하신 것들에 대해서는 당연히 감사한 마음을 가지고 있습니다. 물론 그것은 말할 필요도 없지만요."

"안드레아스, 제가 또 다른 이야기를 하나 들려 드릴게요."

깨달음을 얻은 현자가 어느 날 세상을 여행하게 되었습니다. 그는 팔과 다리가 없어서 혼자서 움직이기 힘든 한 남자를 만났습니다.

아픈 남자가 물었습니다.

"당신은 누구신가요?"

"저는 현자입니다."

"당신이 현자라면 혹시 저를 건강하게 만들어 주실 수 있나요?"

"네, 당신을 치료할 수 있습니다. 하지만 곧 당신이 아팠던 것과 치료해 준 저를 잊게 될 것입니다."

"어떻게 당신을 잊을 수 있겠습니까?"

남자는 울먹였습니다.

"좋습니다. 그럼 7년 뒤에 제가 다시 올 테니, 그때 당신이 저를 잊었는지 한번 보시죠."

이어 현자는 그 남자의 머리에 손을 얹었습니다. 그러자 바로 그 남자는 팔과 다리가 생겼습니다.

그리고 현자는 이번에는 노숙자에게 다가갔습니다.

노숙자가 물었습니다.

"당신은 누구신가요?"

"저는 현자입니다."

"현자라고요? 그럼 혹시 저에게 집을 마련해 줄 수 있나요?"

"네, 마련해 드리겠습니다. 하지만 당신은 현재 처한 가난과 더불어 저를 곧 잊게 될 것입니다."

"어떻게 당신을 잊을 수 있겠습니까?"

노숙자는 울먹였습니다.

"좋습니다. 그럼 7년 뒤에 제가 다시 올 테니, 그때 당신이 저를 잊었는지 한번 보시죠."

이어 현자는 그 남자의 머리에 손을 얹었습니다. 그러자 바로 그 남자에게는 집이 하나 생겼습니다.

현자는 다시 여행을 떠났습니다. 며칠 후 현자는 한 맹인을 만났습니다.

맹인이 물었습니다.

"당신은 누구신가요?"

"저는 현자입니다."

"현자라고요? 그럼, 제 시력을 다시 찾아 주실 수 있나요?"

"네, 할 수 있습니다. 하지만 당신이 실명했었다는 사실과 더불어 고쳐 준 저를 잊게 될 것입니다."

"어떻게 당신을 잊을 수 있겠습니까?"

"좋습니다. 그럼 7년 뒤에 제가 다시 올 테니, 그때 당신이 저를 잊었는지 한번 보시죠."

이어 현자는 그 남자의 머리에 손을 얹었습니다. 그러자 바로 그 남자는 앞을 볼 수 있게 되었습니다.

7년이 지난 후, 현자는 오래전에 본인이 도움을 준 사람들을 만나기 위해 길을 떠났습니다. 그는 맹인으로 변신해서 맹인이던 사람에게 가장 먼저 찾아갔습니다.

"제발 도와주세요. 저는 앞이 보이지 않습니다. 목이 말라서 그러는데, 급히 물 한 모금 마실 수 있는지요?"

현자가 부탁했습니다.

"지금 무슨 짓을 하는 거죠? 나는 장애인에게 절대 물을 주지 않아요!"

그 남자는 소리 질렀습니다.

"보십시오. 7년 전엔 당신은 맹인이었습니다. 그때 제가 당신의 시력을 고쳐드렸고, 당신은 당신의 실명과 저를 절대 잊지 않겠다고 약속했습니다."

현자는 말하면서, 실명의 가면을 벗고 예전의 맹인에게

자신을 드러냈습니다. 그러고 난 다음 현자는 배은망덕한 사람의 머리 위에 손을 얹었습니다. 그러자 그는 다시 맹인이 되었습니다.

이어서 현자는 7년 전에 팔과 다리를 선사해 준 사람을 찾아갔습니다. 현자는 팔과 다리가 없는 사람으로 변신해서 다시 물 한 모금을 부탁했습니다.

"나가요!"

그 남자는 소리 질렀습니다.

"보십시오. 7년 전에 제가 당신의 병을 고쳐드렸습니다. 그 당시 당신은 저와 당신의 병을 절대 잊지 않겠다고 약속했습니다."

현자는 배은망덕한 사람의 머리 위에 손을 얹었습니다. 그러자 그는 다시 팔과 다리를 잃었습니다.

마지막으로 현자는 노숙자로 변신했습니다. 그는 7년 전에 집을 마련해 준 노숙자를 찾아갔습니다.

"저 혹시 여기서 하루만 묵어도 될까요?"

현자는 그 남자의 집에 도착해서 물었습니다.

"어서 들어오십시오."

그 남자는 현자를 초대했습니다.

"여기 앉으시면 됩니다, 저도 예전에는 노숙자였습니다.

7년 전에 어떤 현자가 와서 저에게 도움을 주셨습니다. 그때 그는 7년 후에 다시 돌아올 거라고 말했었지요. 그가 올 때까지 여기서 기다려 보세요. 혹시 그분이 당신도 도와줄지 몰라요."

"제가 그때 그 현자입니다."

그는 이제 자신을 드러냈습니다.

"당신은 7년 전에 제가 도와준 사람 중 저를 잊지 않은 유일한 사람입니다. 그래서 당신은 항상 행복하게 지내야 합니다."

현자는 유일하게 자기를 도와준 7년 전 노숙자에게 작별 인사를 하면서 이렇게 말했습니다.

"우리는 끊임없이 변화하는 흐름 속에서 살아갑니다. 행복은 종종 불행으로 바뀝니다. 고난이나 역경은 부로 바뀌고, 사랑은 증오로 바뀔 수 있습니다. 누구도 이 사실을 잊지 말아야 합니다."

나타퐁은 이야기를 끝마쳤다.

"감사한 마음을 갖는 것이 중요하군요!"

나는 신이 나서 크게 외쳤다.

나타퐁은 고개를 끄덕이며 말했다.

"행복해지고 싶다고 말했죠? 그럼 감사한 마음을 지니세요. 우리의 삶은 항상 다른 사람의 선함과 친절함에 달려 있습니다. 먼저 감사해야 합니다. 첫걸음을 내딛으세요, 그러면 사람들이 당신을 따라올 것입니다."

나타퐁은 이 멋진 한마디와 함께 작별 인사하고 나를 혼자 내버려두었다. 만트라*처럼 자신에게 몇 번이고 반복해서 말을 걸었다.

"나는 내 삶에 감사합니다. 태양에 감사하고, 매일 건강하게 일어나고 잠자리에 드는 것에 감사합니다. 내 팔과 다리에 감사하고, 가족에게도 감사합니다. 지금까지 만난, 그리고 앞으로 만나게 될 모든 사람에게 감사합니다."

이 말을 여러 차례 반복하자 정말 기분이 좋아지는 느낌을 받았다.

서서히 해가 질 때쯤, 나타퐁은 다시 내 곁으로 돌아와 옆에 앉으며 물었다.

"안드레아스, 기분이 어떠세요?"

그는 내 기분을 알고 싶어 했다.

나는 이 감정을 표현할 방법이 없었다. 나는 압도되어 울기 시

---

* Mantra, 말이나 소리, 문구 등을 지속해서 반복하며 명상할 때 외우는 주문으로, 힌두교, 불교 등에서 실천하는 방법의 하나. 이런 반복적인 명상은 마음을 집중하게 하여 내면의 평화와 안정을 도모하는 데 도움이 된다. (역자 주)

작했다. 처음에는 가볍게, 그다음에는 점점 더 강하게, 그리고 마침내 나는 내 인생에서 겪어보지 못한 감정에 휩싸여 울음을 터뜨렸다. 슬픔 때문이 아니라, 이 모든 것을 경험한 것에 대한 무한한 감사의 마음 때문이다.

나타퐁은 나를 쳐다보고는 일어나서 자리를 떴다.

조금 시간이 지나, 나는 다시 평정심을 되찾고 사원으로 들어갔다.

"당신은 정말 상대방을 위로하는 능력은 없으시군요."

나는 웃으면서 나타퐁에게 말했다. 내 얼굴은 여전히 눈물로 얼룩져 있었다.

나타퐁은 손으로 나를 정원 쪽으로 인도했다. 우리는 함께 벤치로 걸어갔다.

"안드레아스, 아시다시피 제가 항상 여기에 있지는 않습니다. 언젠가 떠날 수도 있지요. 아이든, 어른이든 상관없이 사람은 모두 이런 감정을 겪고 그로부터 배우는 것이 중요합니다. 그렇지 않으면 슬플 때마다 다른 사람이 필요해져요. 슬픔은 그저 신체의 스트레스 반응일 뿐입니다. 지극히 정상적인 거죠. 그 슬픔을 정상적인 것처럼 대해 보십시오. 슬픔을 설명하고, 이해하고, 받아들이세요. 그러면 슬픔은 사라집니다. 영원히!"

그는 만족스러운 미소를 지으며 내 어깨에 손을 얹고 말했다.

"여기는 새로운 것들이 많을 겁니다. 처음에는 이 모든 것을 받아들이기 힘들다는 거 알아요. 그럼 이렇게 하세요. 배를 타고 북대서양 한가운데에 도달했는데, 바로 앞에 빙산 끝의 일부분이 바다 표면 위로 튀어나와 있다고 상상해 보십시오. 당신이 보는 것은 실제로 존재하는 것의 일부에 불과합니다. 그리고 우리가 감각으로 파악할 수 있는 것도 마찬가지로 실제 존재하는 것의 일부분에 불과합니다. 제가 지금까지 알려드린 것도 전체 중 일부에 불과하죠. 우리는 이제 시작하는 겁니다."

이 말을 남기고 나타퐁은 그날 저녁 작별 인사를 했다.

나는 침대에 누워 독일로 돌아가기까지 앞으로 3일밖에 남지 않았다는 것을 문득 떠올렸다.

그날 밤 잠이 들었을 때 만감이 교차하는 기분이었다.

✛

거대한 징 소리에 잠에서 깼다. 집으로 돌아가기 3일 전, 평소처럼 하루가 시작되었다. 그 후의 일과는 이미 일상이 되었다. 씻고, 양치질하고, 승복을 입고, 아침 기도하러 갔다.

그사이 나는 티베트어 텍스트를 번역하거나, 정확히 이해할 수는 없었지만 그래도 약간의 티베트어 문장을 외웠다. 그래서 나만의 기도문도 있고, 시간이 지날수록 그 기도는 점점 내 가족과 나에게 소중한 사람들을 위한 것이 되었고, 처음에 내가 그렇게도 자랑스러워했던 회사와 물질적인 소유물에서는 점점 멀어지게 되었다.

탁발과 아침 식사를 마친 후, 나타퐁과 함께 숲속을 좀 걷기로 했다.

"나타퐁, 미래에 어떤 일을 할 건지 계획하고 있나요? 저한테 많은 이야기를 했지만, 저는 당신이 어디로 가는지조차 모릅니다."

나타퐁은 조용히 정면을 응시하며 말했다.

"아무런 계획이 없습니다. 안드레아스."

"아니, 아무런 계획이 없다고요?"

나는 믿을 수 없다는 듯이 재차 물었다.

"당연히 계획이 있어야 하는 거 아닌가요? 수도승으로서도. 뭐 예를 들면, 다른 사원으로 이동한다든지, 다시 독일로 간다든지, 아니면 영원히 여기 머물 계획인지 말이에요. 제 말은 그겁니다."

나타퐁은 하늘을 쳐다보며 말했다.

"사람들은 계획을 세울 때마다 중요한 사실을 하나 잊습니다. 인생은 계획할 수 없습니다. 만약 저의 계획이 이 절에서 인생의 황혼기를 보내는 것인데, 3년 뒤에 갑자기 홍수가 나서 이 사원이 완전히 파괴된다면, 저의 계획이 무슨 소용이 있을까요? 우주는 당신의 계획에 관심이 없습니다. 당신의 삶은 어떠했습니까? 당신은 언제 중요한 변화를 느꼈나요?"

답변하기 쉬운 질문이다.

"누군가의 죽음으로 회사를 인수하게 되었는데, 그게 제게는 완전히 새로운 삶의 시작이었습니다. 그 후 저는 세계 각지에서 발주받아 계속해서 성공할 수 있었습니다."

나타퐁은 천천히 걸으면서 가볍게 고개를 끄덕이며 말했다.

"그중에서 무엇을 계획했나요? 누군가가 죽고 당신이 회사를 물려받을 거라는 걸 계획했나요? 아니면 아내가 당신을 떠날 거라는 걸 계획했나요? 그것도 아니면 친구가 별로 없을 거라는 걸 계획했나요?"

나는 혼란스러웠다.

"아니죠, 그런 건 계획할 수 없죠."

그는 나를 쳐다보며 말했다.

"그렇습니다. 당신의 인생을 되돌아보면, 계획대로 된 게 그리 많지 않다는 것을 알게 될 것입니다. 사람은 변해야 할 때만 변합니다. 어떤 상황에서 압박이 너무 커지면, 사람은 변할 수밖에 없습니다. 만약 홍수로 인해 사원이 파괴되면, 저도 제 삶을 바꿀 수밖에 없습니다. 그런데 그것을 왜 지금 해야 할까요? 물론 생각과 소망이 올바르고 순수하다는 것이 매우 중요합니다. 당신이 요구

하는 것을 우주에서 얻을 수 있으니까요."

나는 웃으며, 이 말에 숨겨진 의미가 있다는 것을 깨달았다. 내 인생에서 일어난 일들은 사실 내가 계획하지 않은 것들이다. 내가 계획했던 것은 회사, 아내, 딸과 함께 아름다운 삶을 영위하는 것이었다. 그런데 그게 잘되지 않았다.

나타풍은 멈춰 서더니 나도 똑같이 멈추라고 손짓했다.

"그럼, 계획을 세우지 않는다면 그 대신 무엇을 해야 하나요? 제 인생이 어쨌든 어딘가로 가야 하는 게 아닐까요?"

"당신의 삶은 흘러갈 곳으로 갈 것입니다. 그것에 대해 흔들릴 것이 없습니다. 당신은 의식적으로 결정을 내린다고 생각하지만, 그 결정은 모두 무의식적으로 이루어집니다. 우리는 습관에 관해 이야기하고 있습니다. 이전에 습관에 관해 이야기한 적이 있죠? 습관은 당신의 미래를 결정하는 데 중요한 역할을 합니다. 아침에 운동하고 동기를 받아 출근하는 습관이 있나요? 아니면 늦잠을 자고 출근하지 않는 습관이 있나요? 둘 다 당신의 운명으로 이어집니다. 무엇이 당신을 당신답게 만드는지요? 어떤 길을 선택할지 결정하는 것은 당신 자신입니다. 당신이 여기 온 첫날 열대 우림의 표지판처럼 말입니다. 순수한 생각과 동정심 그리고 감사함으로 가득 찬 소망을 지니고 있다면 그것이 바로 당신의 운명이 될 것입니다. 계획을 세우지 않으면 아무것도 잘못될 수가 없습니다."

이렇게 말하고 그는 큰소리로 웃었다. 나는 그가 정확히 그렇게 살았다고 느꼈다.

"그러니까 불교도들에게 운명은 그냥 일어나는 것인가요?"

"아뇨, 전혀 그렇지 않아요. 운명이란 초자연적인 운명과 비슷한 것을 의미하지는 않습니다. 운명은 분명히 일어날 것입니다. 하지만 당신의 생각과 행동으로 결정적인 운명을 형성할 수도 있습니다. 그것이 카르마입니다. 항상 원인과 결과에 근거합니다. 삶의 모든 것에는 결과가 있습니다. 지금 우리는 멋진 숲길을 걷고 있습니다. 이것은 분명 우리의 카르마에 영향을 미칩니다. 우리는 자연과 연결되어 있으며, 신선한 산소를 호흡하고 있습니다. 우리의 마음은 숲의 색채, 향기, 소리로 즐거움을 느낍니다. 친절과 감사로 마음을 채우십시오. 모든 상황에서, 모든 생각에서 말입니다. 그러면 운명도 달라질 것입니다."

그가 의미하는 바를 이해했고, 내 마음에도 들었다. 나타퐁에게 다시 한번 제어하기 어려운 안정감과 친밀감을 느꼈다. 나타퐁은 마치 내게 신발 끈을 묶는 법, 혼자 용변 보는 법, 똑바로 걷는 법을 가르쳐주는 것 같았다. 그것들은 그에게는 당연하겠지만, 나에게는 새롭고 흥분되는 일이었다. 어린아이가 첫걸음을 내디딜 때 기뻐하듯이, 나도 나타퐁의 지혜를 배울 수 있어서 기뻤다.

우리는 약 한 시간 정도 울창한 열대 우림을 걸었다. 내가 얼마나 자연을 좋아하는지, 그리고 자연이 내게 얼마나 큰 평온함을 주는지 인상 깊게 느꼈다. 몇 년 동안 나는 이렇게 오랜 시간 휴식을 취해본 적이 없었다.

우리는 사원으로 돌아와 정원에 있는 지혜의 벤치에 앉았다. 몇 분의 침묵이 흐르고 내가 물었다.

"제가 짊어지고 있는 짐에서 벗어나기 위해서는 무엇을 해야 합니까?"

"안드레아스, 아무것도 할 필요가 없습니다. 당신에게는 자유 의지가 없습니다. 당신이 원하는 모든 것은 이미 이 순간에 결정되어 있습니다."

그리고 지금까지도 나에게 영향을 끼친 중요한 말을 했다.

"쇼펜하우어가 말한 적이 있습니다.

'언제나 원하는 것을 할 수 있지만, 인생의 모든 순간에 오직 한 가지만 원할 수 있고, 그 한 가지 외에는 아무것도 원할 수 없다.'라고 말입니다."

"그게 대체 무슨 뜻인가요?"

나는 깜짝 놀란 표정으로 물었다.

"무언가를 하고자 결정한 순간, 이미 내부적으로 그것을 원했고 그것을 하기로 결정했다는 것을 의미합니다. 사람들이 이해하는 '자유의지'는 잘못된 것입니다. 당신은 지금 일어나서 원하는 것을 할 수 있습니다. 예를 들어, 저기 있는 나무 위로 뛰어오를 수 있습니다."

나타퐁은 팔을 들어 나무 꼭대기를 가리켰다. 나는 말없이 의심스러운 눈으로 그를 바라보았다.

"인간으로서 우리의 가능성은 제한되어 있습니다. 인간의 가장 원초적인 욕구는 마음 깊은 곳에서 보이지 않게 작용합니다. 이 '의욕'은 의식적인 수준에서 일어나는 것이 아니기 때문에 조절할 수 없습니다. 우리는 무언가를 원한다고 생각하지만, 이것은 이미 오래전에 우리를 위해 결정된 것입니다. 명상, 그리고 완전한 평온의 상태에서 당신은 깨달을 수 있습니다."

"어떻게 하면 당신처럼 동기 부여에 대해 그렇게 많은 생각을 하지 않고 침착해지는 법을 배울 수 있을까요?"

이번에는 구체적인 답변을 기대하며 물었다. 하지만 항상 그랬던 것처럼 단순한 대답이 돌아왔다.

"제가 이야기 하나 해 드릴게요."

그사이 나타퐁의 이야기에 흥미를 갖게 되었다고, 그에게 이야기의 핵심을 이해했다고 매번 증명하고 싶었다.

몇몇 젊은 남자들이 한 현자를 찾아와서 이렇게 물었습니다. "현자님, 당신은 왜 항상 그렇게 행복하고 평온하십니까? 저희에게도 행복하고 평온할 방법을 가르쳐 주십시오.”

현자는 대답했습니다.

“저는 식사할 때는 식사하고, 앉을 때는 앉아 있습니다. 걸을 때는 걷고, 마실 때는 마실 뿐입니다.”

젊은이들은 서로 의아한 표정으로 바라보았습니다. 그중 한 명이 말했습니다.

“저희도 그렇게 합니다. 저희도 먹고, 앉고, 걷고, 마십니다. 그런데 왜 저희는 행복하지 않습니까? 저희도 똑같이 하고 있는데요.”

같은 대답이 현자에게서 나왔습니다.

“저는 식사할 때는 식사하고, 앉을 때는 앉고, 걸을 때는 걷고, 마실 때는 마십니다.”

젊은 남자들은 여전히 의아한 표정을 지었습니다.

그러자 현자는 이렇게 덧붙였습니다.

“그렇습니다. 여러분도 이 모든 것을 합니다. 먹고, 앉고, 걷고, 마십니다. 하지만 여러분은 앉아 있을 때 이미 일어설 것을 생각합니다. 걷는 동안에도 이미 도착하는 것을 생각합니다. 마시는 동안에는 어떤 음식을 먹을지 생각합니다. 그래서 여러분의 생각은, 지금 여러분이 있는 곳이 아니라 끊임없이 다른 어딘가에 있습니다. 인생은 '지금, 이 순간에만'

일어납니다. 지금, 이 순간에 집중하면, 여러분도 진정으로 행복하고 평온해질 수 있습니다."

나는 무엇을 말하고자 하는지 이해했다.

"마음 챙김*Mindfulness*"이라고 나는 주저하며 말했다.

나타퐁은 고개를 끄덕이며 마음 챙김을 반복하여 말했다.

그는 천천히 벤치에서 일어나 승복 속에 두 팔을 넣고 사원을 향해 걸어갔다. 나도 그를 따라갔다.

그날 저녁 나는 나타퐁의 말을 오랫동안 곱씹었다. 내가 지난 삶을 얼마나 허무하게 살았는지 깨달았고, 나타퐁에게 배웠던 대로 과거가 아닌 앞으로 다가올 미래를 위해 삶을 바꾸기로 굳게 결심했다.

✝

여행이 끝나기 하루 전, 그날 아침에는 우리에게 음식을 기부하기 위해 길가에 나온 마을 주민이 거의 없었다. 하지만 내가 바꿀 수 없는 일이기 때문에 나는 화를 내지 않았다. 내가 배웠던 것을 실행했다. 나는 나타퐁과 평소처럼 점심때 정원에 앉아 있었다. 그날 하늘에는 구름 한 점 없이 맑았다. 나타퐁은 하늘을 올려다보며 말했다.

"안드레아스, 명상하십시오. 들리고 보이는 모든 것이 잠잠해지고 고요해지는 바로 그 상태를 얻을 수 있습니다."

나는 제대로 명상을 해본 적이 있는지 확실하지 않아서 나타퐁에게 물어보았다.

"명상을 하면 머릿속에 많은 생각이 드는데…, 그럼, 제가 명상을 잘못하고 있는 건가요?"

"잘못된 것은 없습니다."

나타퐁은 간단하게 대답하며 다음과 같이 덧붙였다.

"중요한 것은 휴식을 취하는 것입니다. 볼륨을 0으로 설정하고, 생각의 프레임 속도를 최소한으로 줄인 다음, 더 이상 몸이 느끼지 못하는 느낌을 받을 때, 바로 그 순간에 명상을 경험할 것입니다."

나는 사실 정확히 이해하지 못했다. 하지만 나타퐁의 설명을 듣게 된 4월의 그날은 나의 근간을 뒤흔드는 중요한 기점이 되었다.

"저는 오늘에서야 제가 더 나은 사람이 되고 싶다는 것을 알게 됐습니다. 저는 사회에 무언가를 환원하고, 미래 세대들이 더 풍요롭게 살 수 있도록 하고 싶어요. 어떻게 하면 그럴 수 있을까요?"

나타퐁은 평소처럼 미소를 지었다.

"우리는 다른 사람의 삶을 더 풍요롭게 만들 힘을 가지고 있지 않습니다. 그들의 임무나 계획을 알지 못하며, 그들이 어떤 카르마로 이번 생을 살게 되었는지도 모릅니다. 하지만 분명한 것은 그들을 도울 수 있다는 것입니다. 사랑과 친절로 다른 사람들을 포용하고 그들에게 행복을 주려고 노력할 수 있습니다. 안드레아스, 아이들부터 시작하세요."

나는 의아한 표정으로 그를 쳐다보았다.

"아이들이요? 저는 육아 전문가가 아닙니다. 제 딸이 여기에 없기도 하고요."

"당신의 딸은 당신이 잘못 키웠기 때문에 떠난 것이 아닙니다."

그는 진지하게 나를 쳐다보며 말했다.

"당신의 딸은 사랑과 애정이 부족해서 떠난 것입니다. 많은 아이가 그렇습니다. 아이들이 보호받는 가정을 지켜보면, 아이들의 복지가 우리 모두에게 얼마나 중요한지 느낄 것입니다. 이상하게도 대부분의 연금제도는 우리 자녀들이 노년기의 우리 삶을 부양하는 것을 기반으로 합니다. 그런데도 우리는 그들을 철저히 무시하고 있습니다."

"무슨 말씀이세요? 자녀들을 지극히 사랑하고, 인생에서 멋지게 출발할 수 있도록 도와주는 부모가 얼마나 많은데요."

나타퐁은 고개를 끄덕였다.

"물론이죠. 그것도 좋은 일이지요. 하지만 학교에 다니는 아이들이 어떻게 되는지 한번 생각해 보세요. 어린아이들은 태어날 때부터 개방적이고, 모험심이 강하며, 사랑과 헌신으로 가득 차 있습니다. 그들은 누군가가 자신에 대해 호의적인지 아닌지 빨리 알아차리죠. 그들은 단순히 노는 것이 재미있기 때문에 뛰어다니면서 놀아요. 놀이와 재미를 통해서 기쁨을 느끼고 웃습니다. 이렇게 활기차고 근본적으로 선한 생명체는 이 세상에서 우리가 필요로 하는 모든 것입니다. 아이들은 전쟁을 일으키지 않고, 다른 종족을 억압하지 않으며, 사회의 한 부분만 편애하지 않습니다. 모든 사람을 평등하게 상대합니다. 이것이 바로 우리 인류의 핵심입니다. 그런데 학교를 막 졸업한 아이들을 살펴보세요. 그들은 상처받았고, 또 그들은 좋은 성적과 나쁜 성적이 있다는 것을 배웠습니다. 학교생활이 끝날 때 선생님이 종이 한 장을 건네줄 수 있도록 조용히 앉아 있어야 한다는 것도 배웠지요. 이 종이에는 아이들의 시험 점수가 쓰여 있습니다. 당신도 항상 가만히 앉아서 조용히 공부했을 겁니다. 이것이 정말로 우리가 추구해야 할 목표일까요? 아이들은 놀이를 통해 배우지만 학교에서는 그렇게 할수 없습니다. 아이들은 창의성을 잃은 순종적인 어른으로 성장합니다. 그것만 잃는 것이 아니지요. 동기, 열정, 그리고 추진력 등모든 걸 잃어버립니다. 사회는 아이들이 12년 동안 학교에 가만히 앉아서 다시는 필요하지 않을 것들을 암기해야 했을 때 그것을 성공이라고 부릅니다."

"하지만 중요한 것들도 있습니다. 숫자를 정확히 세거나 계산할 줄 알고, 생물학과 우주를 이해할 수 있어야 합니다."

내가 반론을 제기했다.

"물론입니다. 제가 말씀드리고자 하는 건 이겁니다. 저는 독일에서 학창 시절을 보냈습니다. 수학 시간에 저희는 두 평면의 교점을 계산해야 했습니다. 저는 선생님께 이 교점을 구하는 게 왜 필요한지 물었습니다. 선생님은 '너는 평생 수학이 필요할 거야, 나더퐁크'라고 대답했습니다. 심지어 제 이름도 제대로 발음하지 못했지요. 그 뒤로 평면의 교점을 계산하는 일은 없었지만, 여전히 어떻게 계산하면 되는지 기억하고 있죠. 차라리 그 수업 시간을 의미 있고 도움이 되는 시간으로 썼더라면 좋았을 텐데요. 당시 같은 반 친구였던 라스는 수업 시간에 늘 딴짓했습니다. 그런데도 라스는 모든 학급 시험에서 전 과목 최고 점수를 받았습니다. 나중에 알고 보니 그는 완전히 도전 정신이 풍부했습니다. 방금 말씀드린 수학 선생님은 라스가 창문 밖을 멍하니 바라볼 때면 이렇게 말한 적도 있습니다. '라스, 네가 창밖을 멍하니 바라보는 걸로 월급을 주는 사람은 아무도 없을 거야.' 라스는 나중에 파일럿이 되었습니다. 높은 지능을 가졌음에도 그를 문제아로 만든 학교 시스템에 대한 라스의 저항이었다고 생각합니다. 저는 교과목에 크게 신경을 쓰는 것은 아니지만, 우리가 모두 기본 교육을 받아야 한다는 데에는 동의합니다. 하지만 아이들을 신선한 공기도 없고 자연을 접할 수도 없는 작고 밀폐된 공간에 몰아넣는 방식이 매우 불쾌합니다."

나는 그의 말에 대해 잠시 생각해 보고 이내 동의했다. 내 학창 시절과 비슷하다고 생각했다. 나는 수학을 아주 잘했다. 특히 숫자와 방정식은 마치 마법을 부리는 것처럼 손이 저절로 움직여 풀었다. 반면 나는 언어에는 소질이 부족했다. 그래서 언어적 재능이 필요한 분야로 전공과 진로를 선택하지 않았다. 나는 사람들이 내 약점에 집중하지 않고 내 강점을 더욱 격려해 주었으면 좋았으리라 생각하며 과거를 되짚어 보았다.

아무튼 나는 이렇게 말했다.

"나타퐁, 당신이 말하고자 하는 바를 이해하고 동의합니다. 하지만 자연 속에서 이루어지는 소규모 수업과 각 학생에 대해 개별적으로 과제를 부여하는 등 완전히 다른 학습 방법을 구현하는 학교도 있습니다. 제 딸도 그런 사립학교를 다녔어요."

나타퐁은 고개를 끄덕이며 바닥을 바라보았다.

"하지만 누가 사립학교에 다닐 수 있을까요? 부유한 부모를 둔 아이들만 가능한 거 아닌가요? 저는 사립학교에 다닐 기회가 없었습니다. 부모의 재산이 많은지, 적은지 그런 단순한 이유로 아이들에게 동등한 성장 기회를 제공하지 않는 것이 공정한가요? 제가 보기에 그것은 근본적으로 잘못된 접근 방식입니다. 아이들은 모두 우리의 일부입니다. 그리고 우리는 그들을 모두 동등하게 대우해야 합니다."

나는 나타퐁의 말에 동의할 수밖에 없었다. 아니, 그의 말에 동의하고 싶었다. 그날, 태국의 뜨거운 태양 아래에서 나는 사랑과 선의가 삶의 모든 영역에 어떻게 확장될 수 있는지를 배웠다. 우리가 그것을 허락하기만 한다면, 내가 할 수 있는 역할을 할 준비가 되어 있었다.

나타퐁 앞에 서서 허리춤에 팔을 올리고 말했다.

"네, 저는 준비되어 있습니다. 제가 그것을 바꿀 수 있으려면 얼마나 걸릴까요?"

나타퐁은 나를 바라본 채로 어깨를 으쓱하며 말했다.

"아마 10년 정도는 걸릴 것 같습니다."

"제가 특별한 노력을 기울이면 어떨까요?"

"그렇다면 20년 정도 걸릴 수도 있습니다."

"아뇨, 제 말은 이 일에 내 모든 에너지를 쏟아부어 모든 장애물을 극복하고 가능한 한 빨리 목표를 달성하겠다는 뜻입니다."

나타퐁은 여전히 나를 바라보며 미소를 지었다.

"그럼 40년이 걸릴 수도 있겠지요."

나는 전혀 이해하지 못하겠다는 표정으로 나타퐁을 바라보았다. 나타퐁이 말했다.

"당신이 한 가지 일에 전력을 다할수록, 그것을 이루는 데 시간은 더 오래 걸립니다. 당신의 목표까지 더디게 진전되는 것이지요. 믿음을 가지세요. 모든 임무를 외부로 가져가기 전에 먼저 내면에서 해결해야 합니다."

나는 그의 말을 이해했고, 전적으로 그를 믿었다.

"당신에게 삶의 의미는 무엇인가요? 인생의 의미 말입니다."

내가 물었다. 나타퐁은 나를 쳐다보며 말했다.

"당신이 스스로 고통에서 벗어날 때 그것을 경험하게 될 것입니다. 탐욕과 욕망의 족쇄에서 벗어날 때, 타인과 끊임없는 비교에서 벗어날 때, 그리고 정신을 맑게 하고 여전히 흐린 창문을 통해 내면을 들여다볼 수 있을 때, 그때 당신은 삶의 이유를 깨닫게될 것입니다. 그것이 인생에서 가장 중요한 것, 자유입니다. 모든것으로부터의 자유 말입니다."

나는 아직도 그날 저녁을 또렷하게 기억한다. 나는 몇 시간 동안 움직이지도, 말하지도 않고, 아무것도 하지 않은 채 그저 그 자리에 앉아 있었다. 나는 나타퐁의 지혜와 지식에 깊은 감명을 받았다. 그리고 아주 우연히 일어났던 내 행동에도 엄청나게 깊은의미가 담겨 있다는 것에 대해서도 똑같은 감명을 받았다. 아마도 나타퐁은 내가 모든 것을 충분히 깨달았기 때문에 여기를 떠나리라 생각했던 것 같다.

그날 저녁 나는 나 자신과 내 인생에 대해 더 많은 것을 배우며 경험하기 위해 휴가를 며칠 더 연장하기로 결심했다.

그날 이상하게도 빨리 잠에 들었다. 매우 지쳤는데 묘한 긴장감이나 태국의 더위 때문도 아닌 나의 라마승인 나타퐁의 말 때문이다.

✦

내일은 집으로 돌아가는 날이다. 오전에 일찍, 좁은 길을 따라 카페에 가서 린다에게 현재 주문 상황과 회사 사정을 물었다. 4월 주문이 너무 많아서 믿을 수가 없었다. 실제로 메일함을 보고 린다의 말이 사실임을 확인했다. 나는 안심하며 그녀에게 내 귀국 항공편을 취소하고 4일 후에 떠날 새 항공편을 다시 예약해 달라고 부탁했다.

카페에서 탁 트인 광활한 경치를 바라보며, 거대한 야자수와 무성하게 푸르른 나무, 햇빛 아래 반짝이는 아름다운 작은 개울을 보았다. 나는 그곳에서 그 어느 때보다 더 기분이 좋고 행복했다. 내집과 자동차, 이전 생활의 안락함 등이 한순간도 그립지 않았다.

사원으로 돌아가자 나타퐁이 나를 기다리고 있었다. 우리는 서로 친구가 되자는 이야기를 한 번도 나눈 적은 없지만, 나타퐁은 진정한 삶에 대해 내가 많은 것을 배울 수 있도록 도와주는 친구가 되었다.

그는 내가 계단을 뛰어 올라가는 모습을 보고 미소를 지으며 말했다.

"안드레아스, 당신의 회사가 잘 되고 있어서 저도 기쁩니다."

"그걸 어떻게 아셨나요?"

"하늘과 땅 사이에는 이성적으로 설명하지 못할 정도로 많은 것이 존재합니다. 저는 그냥 알 뿐입니다."

나타퐁은 매일 나를 놀라게 했고, 나는 큰 소리로 하하 웃으며 물었다.

"왜 그렇죠? 우리가 알지 못하지만, 존재하는 것처럼 보이는 것들이 왜 그렇게 많은 것인가요?"

나타퐁은 이렇게 말했다.

"그건 일종의 보호입니다. 지구를 감싸서 보호하는 커다란 우주와도 같은 보호를 말합니다. 사람들은 이해할 수 없는 수많은 것으로 두려움의 희생양이 됩니다. 대체로 자신을 이끌어 주고 가야 할 길을 알려 주는 어떤 것을 믿고자 하죠. 어떤 사건에 대해 우리의 책임을 떠넘길 수 있는 심급처럼 믿을 수 있는 무언가를 말입니다. 전쟁, 자연재해, 학대, 인간의 불의, 이 모든 것에 대한 책임이 우리에게 있다는 것을 이해하기 어려울 것입니다. 인간은 삶의 방향을 잡을 수 있는 고정된 지점 내지 기준점이 필요합니다. 자연재해는 지구 자체나 신에게서 비롯합니다. 그것이 지배적인 의견입니다. 우리는 죄책감을 느끼지 않기 위해 제삼자에게 의존하는 것을 좋아합니다. 지금까지 당신이 알고 있는 사람 중에서, 일어난 일에 대해 죄책감을 느끼는 사람이 얼마나 있을까요? 모두 그런 감정을 피하고 싶어 합니다. 기독교에서는 이러한 사고방식이 널리 퍼져 있습니다. 유전된 죄책감이 있는 것이지요. 그들은 태생적으로 죄가 있다고 믿어요. 그리고 죄책감을 두려워하는 사람은 나쁜 행동을 피해야 하는 것으로 논리가 진행됩니다. 때때로 이것은 부정의 악순환에 빠지게 하고, 가장 어두운 지하 감옥에 창의력을 가두어 둡니다. 이 문제를 불교에서는 다르게 다루죠. 행동, 감정, 생각의 결과를 뜻하는 카르마의 개념을 생각해 보십시오. 인간의 모든 행동에는 특정 상황에 기반을 둡니다. 예를 들어, 우산을 폈을 때 기본적인 사실은 일반적으로 비가 내리고 있다는 것입니다. 이러한 상황은 당신 안에서 그 무엇을 촉발합니다. 긍정적인 그 무엇이 될 수도 있고, 부정적인 그 무엇이 될 수도 있어요. 새로운 그 무엇 또는 이미 알려진 그 무엇, 모호한 그 무엇 또는 명확한 그 무엇이 될 수도 있습니다. 비를 좋아하고 비 오기를 고대하는 사람이라면 비가 오더라도 우산을 펴지 않을 것입니다. 반대로 절대로 비에 젖고 싶지 않은 사람이라면 우산을 펼칠 것입니다. 아름다운 열대 우림에서 당신이 길을 잃었다고 상상해 보세요. 며칠 동안 길을 헤매다 굶어 죽기 일보 직전입니다. 당신은 살아남기 위해 새를 잡아서 죽입니다. 우리가 보기에 당신은 나쁜 짓을 한 것입니다. 우리는 동물을 죽이지 않기 때문이죠. 그러나 당신이 반드시 나쁜 사람은 아닙니다. 상황에 따라 반응한 것뿐입니다. 중요한 것은 특정 상황에 대한 당신의 행동에 의문을 제기하는 것입니다. 만약 당신이 사람을 죽였다면 어떻게 반응하시겠습니까?"

나는 그의 말에 넋을 잃고 그 상황 속으로 들어갔다.

"나는 매우 유감스럽게 생각하며 그런 일이 일어나지 않았으면 좋겠지만, 만약 그 새도 살아남기 위해 저를 죽여야만 한다면 저를 죽이지 않았을까요? 그게 바로 자연이니까요."

나타퐁은 걸음을 늦추고 나를 바라보며 말했다.

"네, 새는 그럴 겁니다. 하지만 새는 올바르게 판단할 줄 모릅니다. 그것이 인간의 의무이자 그에 따르는 부담입니다. 당신은 그 결과를 알고 있기 때문에 새보다 도덕적으로 더 나쁜 게 아닐까요? 전체적인 상황을 고려하는 것이 당신의 책임이 아닐까요? 어쩌면 지금, 이 순간 당신의 삶이 새보다 더 가치가 없을 수도 있습니다. 그건 아무도 모르는 일입니다. 하지만 우리 인간은 무지를 피해야 할 의무가 있습니다. 무지는 부정적인 카르마로부터 당신을 보호하지 못합니다."

나타퐁은 내가 생각할 수 있게 말을 잠시 멈추었다가 나를 바라보며 말을 이었다.

"그래서 당신은 평생 학습자로 남을 것입니다. 제가 그랬던 것처럼 말입니다. 다시 살인 얘기로 돌아가 봅시다. 당신이 살인을 저질렀다면, 당연히 후회하겠죠. 그렇죠? 아마 많은 사람이 그럴 것입니다. 그럼, 문제는 뭘까요? 인식을 차단하는 겁니다. 원인에 대한 질문을 차단하고, 충동에 대한 질문도 차단하고 있다는 말입니다. 무엇이 살인을 저지르게 했나요? 이것이 바로 명확히 해야 할 질문입니다. 당연히 후회하는 것은 옳지만, 죄책감을 느끼지 마십시오. 죄책감을 느끼면 인간으로서 발전하지 못합니다. 어떠한 변명도 용납할 수 없는 일을 저질렀으나 죄책감에 빠져 인생의 남은 시간을 흘려보낸다면 인생이 끝날 때까지도 살인의 이유를 깨닫지 못하겠죠. 불교에서 항상 중요하게 여기는 것은, 스스로 질문하고, 특정 행동에 관한 이유를 찾고, 사랑과 선의 기준에 따라 그 이유를 측정하는 것입니다. 이번 생의 모든 것에 대한 책임이 우리에게 있다는 인식이 필요합니다. 우리의 악행에 대해서도 마찬가지입니다. 우리는 언제든지 나아가고 싶은 삶의 방향성을 찾아 원하는 방식으로 만들 수 있습니다."

나는 그가 하는 말을 이해했으며, 그의 말은 나에게 깊은 감동을 주었다. 이 사람은 인생이 어떻게 작동하고 있는지 오래전부터 다 이해하고 있었다.

"하지만 어쩔 수 없이 해야 하는 일이나 상황도 있지 않나요? 예를 들어, 세금을 내거나 법을 준수하며 살아야 하는 것 말이에요."

나타퐁은 웃으며 말했다.

"누가 당신을 종용했나요? 당신을 어떤 상황에서 행동하게 만드는 건 오직 당신 자신뿐입니다. 세금을 꼭 내야 합니까? 아뇨, 안 내도 됩니다. 물론, 그 결과는 당신이 감당해야 합니다. 수천 년 동안 인간은 사회 공동체를 유지하기 위해 몇 가지 특정한 규정을 만들어 왔지요. 당신도 이 사회의 일원이 되고 싶다면 규정을 준수해야 합니다. 반대로 당신은 이 사회 집단을 떠나서 그에 따른 규정과 조항을 준수하지 않겠다고 말할 수도 있습니다. 아무도 당신을 강요할 수 없습니다."

나타퐁은 우뚝 멈춰 서서 내 어깨를 붙잡았다.

"이건 아주 중요한 문제입니다, 안드레아스, 당신은 모든 사람을 다 만족시킬 수는 없을 겁니다. 행복을 찾고 싶다면 그런 생각과 작별을 고해야 합니다. 제가 태국에서 학창 시절을 보내는 도중에 들었던 이야기를 해 드리겠습니다."

한 노인이 작은 조랑말을 타고 있고, 그 옆에는 손자가 걷고 있습니다. 이를 본 한 마을 주민이 격앙된 목소리로 말합니다.

"믿을 수 없군요. 어떻게 손자를 조랑말 옆에서 혼자 걷게 놔두나요?"

그러자 노인은 조랑말에서 내려와 손자를 조랑말 위에 올려놓습니다. 그러자 옆 마을 주민이 소리칩니다.

"있을 수 없는 일이야! 작은 아이가 조랑말 위에서 왕처럼 앉아 있고, 나이 든 노인은 걸어야 한다니. 쯧쯧."

그러자 이번엔 할아버지가 손자와 함께 조랑말 위에 올라탑니다. 이제 다른 마을 주민이 소리칩니다.

"뭐 하시는 건가요? 이렇게 작은 조랑말 위에 두 명이나 타다니. 동물 학대 아닌가요?"

마침내 두 사람은 조랑말에서 내려와 목줄을 매고 조랑말을 이끌어 길을 걷습니다. 다음 마을 주민이 외칩니다.

"진짜 바보들이네. 조랑말이 있는데도 그냥 조랑말을 따라 옆에서 걷고 있잖아요."

그러자 노인은 손자를 옆으로 데려가 이렇게 말합니다.

"네가 무슨 일을 하든, 항상 너를 비판하고 판단하는 사람들이 있을 거야. 다른 사람들이 뭐라고 하든 신경 쓰지 마. 순수한 양심과 사랑과 선의로 행동하면 되는 거야!"

나는 이런 종류의 이야기를 이미 어디선가 들었지만, 나타퐁의 입에서 나온 이야기는 몇 배 더 교훈적이고 아름답게 들렸다. 그는 신념을 지니고 이야기를 들려주었기에 아는 내용임에도 무미건조하게 들리지 않았다.

우리는 울창한 열대 우림을 한참 걸었다. 공기의 습도는 상상할 수 없는 수준에 이르렀으며, 계속 땀을 흘렸지만, 이상하게도 전혀 거슬리지 않았다. 나는 매우 행복하고 자유로워진 느낌을 받았으며, 이전보다 더 강해졌다. 태국에서 나는 지위나 권력도 없으며, 특히 나를 위해 모든 일을 대신 처리해 주는 직원도 없다. 나타퐁에게 물었다.

"당신은 더 큰 힘, 우주에 대한 믿음을 가져야 한다고 했는데, 정확히 어떤 뜻이죠? 제가 어떻게 행동해야 하나요? 더 나은 사람이 되기 위해서는 구체적으로 무엇을 해야 하나요? 당신 같은 사람이 되려면요?"

나타퐁은 두 손을 등 뒤로 돌려 뒷짐을 지고 시선은 나무 꼭대기에 고정한 채 느긋하게 계속 걸었다. 나는 1미터 정도 뒤에서 그를 따라 걸으며 그의 발자취를 따라가려고 노력했다. 오랜 침묵

끝에 마침내 나타퐁이 말했다.

"그런 계획이라는 것은 없어요, 안드레아스. 가장 훌륭하고, 친절하고, 자비로운 안드레아스가 되는 기회가 자연스럽게 찾아올 겁니다. 순수한 마음으로 행동하면 모든 것이 제자리에 놓일 것입니다. 가장 힘들어 보이는 상황과 결정이 가장 큰 행복을 가져다줄 때가 많습니다. 이에 대한 이야기를 들려드리고 싶군요. 혹시 듣고 싶으시다면….."

나는 고개를 끄덕이며 미소를 지었다. 나타퐁이 등을 지고 있어 내가 고개를 끄덕이는 것을 보지 못했지만 쉽게 알아차렸다. 그는 이야기를 시작했다.

오래전 수랏타니에 한 거지가 살았습니다. 그는 수년 동안 길거리에서 살면서 매일 먹고 마실 음식을 구걸해야 했습니다. 그런데 어느 날부터 누군가가 자기 음식을 훔친다는 것을 발견하고 놀랐습니다. 매번 그의 그릇에서 음식이 사라졌는데 도둑을 전혀 찾을 수 없었습니다. 그러다 자신의 그릇에 손을 대는 쥐를 보았습니다. 쥐는 그릇에 있는 빵을 이빨로 꺼내 물고 사라졌습니다. 거지는 그 쥐가 다시 나타날 때까지 인내하며 기다렸고, 쥐가 나타나자 물었습니다.

"쥐야, 왜 내 음식을 훔치는 거니? 내가 몹시 가난한 거지라는 게 보이지 않니? 부자들의 집에 가서 그들의 음식을 좀 가져가는 게 어떻겠니? 부자들은 먹을 게 충분하단 말이야."

쥐가 대답했습니다.

"거지님, 설명할 수는 없지만, 제 임무는 당신이 7개 이상의 물건을 절대로 소유하지 않도록 하는 것입니다. 그래서 저는 이 숫자를 초과하는 모든 것을 당신에게서 훔치는 거예요. 당신이 7개 이상의 물건을 소유하지 못하게 하는 것이 제 운명입니다."

거지는 깜짝 놀랐습니다. 그는 다른 사람의 것을 훔치는 것이 왜 누군가의 임무여야 하는지 궁금했습니다. 어느 날 쥐가 또다시 그의 접시에서 빵을 훔쳐 달아나자, 그는 부처님을 찾아가 자기는 왜 7개만 소유할 수 있는지 여쭤보려고 마음먹었습니다. 먹을 것을 들고 부처님을 향해 출발했습니다. 그는 먼 거리를 걸었고 날은 어두워졌습니다. 그때 거지는 집 한 채를 발견하고 그곳에서 하룻밤을 묵기로 했습니다. 큰 나무문을 두드리니 집주인이 문을 열었습니다.

거지는 집주인에게 하룻밤 자도 되겠냐고 물었습니다. 집주인은 흔쾌히 허락하고 집 안으로 들어오라고 했습니다. 집주인의 아내는 진수성찬을 준비했고, 거지는 인생 처음으로 배불리 먹었습니다. 아내는 거지가 어디로 가려는지 물었고, 거지는 부처님께 무언가를 여쭤보려 한다고 대답했습니다. 그러자 집주인의 아내는 말했습니다.

"부처님을 뵙게 되면 저희를 대신해서 한 가지 질문해 주실 수 있을까요?"

거지는 이들의 환대에 감사하며 부처님께 대신 질문해 주기로 동의했습니다. 그러자 집주인의 아내가 말했습니다.

"우리에겐 예쁜 딸이 하나 있는데, 태어날 때부터 말을 한마디도 하지 않아요. 부처님께 왜 우리 딸이 아무 말도 하지 않는지 여쭈어봐 주세요."

거지는 약속하고, 다음 날 아침 부처님을 찾아서 다시 길을 떠났습니다. 부처님을 만나러 가는 길에, 걸어서는 도저히 지나갈 수 없는 거대한 산맥 앞에 서게 되었습니다. 그는 낙담하며 방법을 찾는데, 그때 수염이 길어 덥수룩하고, 머리카락이 등까지 내려오는 아주 늙은 노인을 만났습니다. 그 노인은 나무 지팡이를 들고 있는데, 그 지팡이는 작은 나뭇가지로 에워싸여 있고, 노란색이 깜빡이는 커다란 공이 달려 있습니다. 거지는 노인에게 물었습니다.

"당신은 마법사인가요?"

노인은 그렇다고 대답하고, 거지에게 이렇게 높고 외로운 산에서 무엇을 하고 있는지 물었습니다. 거지는 자신이 왜 가난한 삶을 살아야 하는지 부처님께 여쭤보려고 하는데, 산이 자신의 길을 막고 있다고 설명했습니다.

노인은 말했습니다.

"나와 함께 날아갑시다. 내가 산 너머로 데려다줄게요."

노인은 거지의 손을 잡았고, 두 사람은 함께 공중으로 날아갔습니다. 공중에서 두 사람이 저 아래로 거대한 산을 내려다보고 있을 때, 노인은 이렇게 말했습니다.

"저도 부탁이 있습니다. 부처님을 만나면, 내가 언제쯤 천국으로 갈 수 있는지 여쭤봐 주십시오. 나는 벌써 천 년째 기다리고 있거든요."

거지는 노인의 도움에 매우 감사해하며, 노인을 대신하여 부처님께 질문하겠다고 약속했습니다. 산을 넘은 후, 그들은 작별하고 거지는 계속 길을 떠났습니다. 저 멀리 부처님의 사원이 보였지만, 거대한 강이 길을 막고 있습니다. 물살이 너무 거세어 강물에 빠져 죽을까 봐 두려웠습니다. 목적지에 거의 다 왔지만, 부처님을 만날 방법이 없어 낙담한 채 강둑에 앉아 슬피 울었습니다. 그때 거대한 거북이가 길을 따라오더니 거지에게 왜 그렇게 슬퍼하는지 물었습니다.

거지는 자신이 왜 가난하게 살아야 하는지 여쭤보기 위해 부처님께 가는 길이라고 설명했습니다. 그러자 거북이는

　　　　　　　　누가 알겠어요?

말했습니다.

"저는 급류가 흐르는 이 성난 강을 안전하게 건너가도록 도와줄 수 있어요. 대신 내가 언제쯤 아름다운 용으로 변할 수 있는지 부처님께 여쭤봐 주시겠습니까? 저는 천 년째 기다리고 있거든요."

거지는 거북이의 도움에 감사하며, 거북이를 대신해 부처님께 여쭤보겠다고 했습니다. 거지는 무사히 강 건너편 목적지에 도착했습니다. 그는 웅장한 사원에 들어가 부처님을 찾았습니다.

거지는 와이로 공손하게 두 손을 모아 깊이 절을 하며 말했습니다.

"존경하는 부처님, 몇 가지 질문을 드려도 되겠는지요? 저는 부처님을 뵙기 위해 아주 먼 길을 걸어왔고 많은 어려움을 겪었습니다."

부처님은 미소를 지으며 대답했습니다.

"물론 그러셔도 됩니다. 당신은 내게 세 가지를 질문할 수 있습니다."

"하지만 저는 네 가지 질문이 있습니다."

거지는 말했습니다. 부처님은 침묵하셨고, 거지는 어떤 질문을 빼야 할지 고민했습니다. 거지는 태어나서 한 번도

말을 해본 적이 없는 불쌍한 소녀가 매우 안쓰러워 부처님께
말했습니다.

"이 아름다운 소녀는 왜 말을 하지 않습니까?"

부처님이 말했습니다.

"이 소녀는 자기 영혼의 친구인 배우자를 만나게 되면 그
때 말할 것입니다."

부처님의 대답을 듣고 거지는 늙은 현자를 생각하며 그
가 부탁한 질문을 했습니다.

"산에 있는 노인은 언제쯤 천국에 갈 수 있나요?"

"그 노인은 천 년 동안 고집스럽게 붙들고 있는 나무 지
팡이를 놓기만 하면 하늘로 올라갈 수 있습니다."

부처님은 대답했습니다.

이제 거지는 마지막 질문을 할 차례입니다. 그는 천 년 동
안 용이 되기 위해 기다린 거북이를 생각하니, 자신이 안고
있는 문제가 매우 작고 하찮게 보였습니다.

그래서 거지는 결국 본인이 하려던 질문은 놔두고, 대신
거북이의 질문을 전달했습니다.

"거북이는 자기 등딱지에 갇혀 있는 한, 용이 될 수 없습
니다. 거북이는 등딱지를 벗어야 합니다."

거북이에 관한 거지의 질문에 부처님이 대답했습니다.

거지는 부처님께 감사의 표시로, 절하고 사원을 떠났습니다. 집으로 돌아가는 길에 그는 거북이를 만났습니다. 그는 거북이에게 용이 되려면 등딱지를 벗어야 한다고 알려 줬습니다. 거북이가 등딱지를 벗어던지자 정말로 거대한 용으로 변했습니다. 거북이가 남긴 등딱지에서 거지는 바닷속 깊은 곳에서 나온 아름다운 진주 수천 개를 보았습니다. 용은 거지에게 감사를 표하고 찬란하게 하늘로 날아갔습니다.

그다음으로 거지는 늙은 현자를 만났습니다. 거지는 노인에게 지팡이를 놓으면 하늘로 올라갈 수 있다고 말했습니다. 노인이 지팡이를 놓자 행복하게 천천히 하늘로 올라갔습니다. 거지는 이제 거북이의 진주를 통해 부자가 되었고, 노인의 지팡이를 통해 힘을 얻었습니다. 그는 지팡이를 들고 아름다운 소녀의 집으로 날아갔습니다. 소녀의 어머니는 문을 열어 그에게 부처님과 얘기를 나누었는지 물었습니다. 거지는 그렇다고 대답하며, 따님은 영혼의 친구인 배우자를 만나면 그 즉시 말할 수 있다고 전해 주었습니다. 그러자 소녀는 계단을 내려오더니 말하기 시작했습니다. 부모는 깜짝 놀랐습니다. 영혼의 친구인 배우자가 바로 거지였습니다. 그후 둘은 결혼하여 행복하고 평화롭게 잘 살았습니다.

나타퐁은 이야기를 마치고 멈춰 서서 내 눈을 깊이 바라보며 말했다.

"이게 바로 가장 큰 비밀입니다, 안드레아스. 이 세상에서 선한 일을 하면, 그 선한 일은 당신에게 돌아올 겁니다. 언제, 어떤 형태로 돌아올지는 모르지만, 믿어보십시오. 그렇게 될 겁니다."

나는 그 이야기에 감동하였고 또 그 이야기의 핵심인 나타퐁의 믿음에도 감동했다. 그리고 나는 준비가 된 사람이라고 느꼈다. 새롭고 더 나은 사람이 될 준비를. 나타퐁은 아마도 선한 사람이나 악한 사람은 없다고 생각하기 때문에 그런 이분법적인 공식에서 나를 벗어나게 하고 싶었을 것이다. 어쨌든 나는 내가 할 수 있는 한 최대한 남을 돕기로 마음먹었다.

나타퐁은 내가 속으로 이렇게 저렇게 생각하는 동안 나를 지켜보고 있었다.

"안드레아스."

나타퐁은 진지한 어투로 말했다.

"지켜야 할 규칙은 단 하나뿐입니다. 선한 일을 할 땐 진심으로 해야 합니다. 어떤 대가나 보답을 바라면 안 됩니다."

나는 고개를 끄덕였고 그 말을 이해했다. 나타퐁에게 매우 감사했고, 모든 것이 제자리를 찾아가고 있다는 느낌을 받았다. 그의 이야기에 나오는 거지처럼, 그전에는 내게 왜 휴가가 필요한지 이해할 수 없었고 화가 나서 린다를 저주했었다. 그러나 지금은 내가 인생 2막의 출발점에 설 수 있게 린다가 도와주었다는 것을 알았다.

나는 나타퐁을 바라보며 물었다.

"제가 하는 행동이 진심인지, 아니면 무의식적으로 대가를 바라지 않는지 어떻게 알 수 있나요?"

나타퐁은 대답했다.

"사랑을 느끼면, 당신은 알게 될 겁니다."

"저는 사랑에 대해서는 잘 모르겠어요. 나타퐁. 제 아내를 사랑했고, 당연히 제 딸도 사랑했습니다. 하지만 지금은 둘 다 더 이상 제 인생의 일부가 아니거든요."

나는 신중하게 대답했다.

나타퐁은 나를 바라보며 미소를 지었다.

"사랑은 그보다 훨씬 더 큰 것입니다. 사랑은 모든 것이죠. 사랑은 인류를 하나로 묶어줍니다. 제가 이야기를 하나 들려드리겠습니다."

어린 산자는 아버지에게 사랑이란 무엇인지 설명할 수 있냐고 물어보았습니다. 하지만 아버지는 이렇게 대답했습니다.

"아니, 네 엄마와 내가 이혼했기 때문에 사랑에 대해선

너에게 말해줄 수가 없구나. 우리가 가졌던 것이 사랑이라고 생각했는데, 내가 아마 잘못 생각했나 보구나."

그러자 어린 산자는 어머니에게 물었습니다.

"아빠한테 물어보렴."

어머니도 사랑을 모르고 있었습니다.

다음 날, 산자는 유치원에서 선생님에게 사랑이 무엇인지 아느냐고 물어보았습니다.

"사랑은 선물이야. 네가 크면 사랑이 뭔지 알게 될 거야."

선생님은 미소를 지으며 대답했습니다.

하지만 산자는 그것으로는 충분하지 않아서 선생님에게 더 물어보았습니다.

"사랑을 살 수 있을까요?"

선생님이 대답했습니다.

"아니, 사랑은 살 수 없어. 하지만 일부 사람들은 그렇게 생각하기도 해."

산자는 이후 수많은 사람에게 물어보았지만, 아무도 그가 만족할 만한 대답을 하지 않았습니다.

그러던 중 산자는 그녀의 보모에게 사랑이 무엇인지 아느냐고 물었습니다.

"응, 사랑이 뭔지 알지."

보모가 대답하자 산자는 귀를 활짝 열고 경청했습니다.

"사랑은 네가 사랑을 줄 때만 받을 수 있어. 그렇게 하면 너의 심장은 쿵쿵 뛰고, 황홀하고 따뜻하다는 느낌이 들 거야."

산자는, 사람이 혼자 있을 때는 심장이 어떻게 되는지 물어보았습니다.

그러자 보모는 슬픈 목소리로 대답했습니다.

"그러면 심장은 다시 혼자인 기분이 든단다. 외로워지는 것이지."

산자는 방학을 맞이하여 할머니 집에 놀러 갔습니다. 그는 할머니라면 사랑이 무엇인지 아실 거라고 생각했습니다. 할머니는 벌써 60년 넘게 행복하게 결혼 생활을 하고 계시니까요. 산자가 사랑이 뭔지 묻자, 할머니는 미소를 지었습니다. 할머니는 대답하지 않고 재빨리 집 안으로 들어가 오래된 작은 보물 상자를 들고 돌아왔습니다.

"상자를 열어보렴. 그러면 사랑이 무엇인지 답을 찾을 수 있을 거야."

산자는 조심스럽게 상자를 열었습니다. 상자 안에는 거울이 들어 있습니다.

"너 자신을 보렴."

할머니가 산자에게 말했습니다.

"네 안에는 사랑이 있단다. 너의 마음은 가장 아름다운 색으로 빛나고 있어. 너는 자신을 사랑할 수 있는데, 그것도 언제나 있는 그대로의 너 자신을 사랑할 수 있단다. 자신을 사랑하는 사람은 모두 이 사랑을 발산하고, 자기를 사랑할 수 있는 사람들을 끌어들이는 거지. 사랑은 언제나 네 안에 있어. 이것을 잊지 말거라. 귀여운 우리 산자."

나타퐁은 나를 쳐다보며 물었다.

"안드레아스, 무슨 말인지 이해하나요?"

"아뇨, 솔직히 잘 모르겠어요. 이야기는 아름다웠는데, 무슨 말 하려고 한 건지?"

나는 모르겠다며 혼자 중얼거리면서 고개를 좌우로 흔들었다.

"당신 자신을 사랑해야 합니다. 언제나 모든 순간에, 모든 구석과 모서리까지 사랑해야 합니다. 그것이 바로 당신을 만드는 것입니다. 안드레아스, 그것은 매우 중요하며, 행복으로 가는 열쇠입니다."

나는 나타퐁을 바라보며 이렇게 대답했다.

"어떻게 저 자신을 사랑해야 합니까? 저는 저 자신에게 꽤 만족하고 있습니다만…."

"알다시피, 안드레아스."

그가 내 말을 끊고 말했다.

"만약 당신에게 왜 여기 앉아 있으며, 왜 이 승복을 입고 있는지 물어보면 뭐라고 대답하시겠습니까?"

"글쎄요, 저는 당신들의 문화에 대해 배우고, 더 많은 교육을 받기 위해 이 사원에 왔다고 대답할 겁니다."

나타퐁은 일어서서 나에게 자기를 따라오라고 손짓했다. 우리는 사원의 계단을 내려가 계곡으로 이어지는 좁은 길로 걸어갔다.

절반 정도 걸어가서 나는 말했다.

"나타퐁, 사실 저는…."

"안드레아스, 마음 챙김이 무엇이지요?"

나타퐁은 차분하게 내 말을 막았다.

"걸을 때는 그냥 걸으면 됩니다. 그 순간에 생각을 온전히 여기에 남겨 두십시오. 많은 질문이 있고 연습이 필요하다는 것을 압니다. 하지만 인생에서 진정으로 중요한 깨달음은 침묵이나 고요함 속에서 찾을 수 있습니다."

나는 묵묵히 가던 길을 계속 걸어가며 생각했다.

'그의 말이 맞아. 나타퐁의 말을 되새기며 침묵하고 있을 때 근본적이고 깊은 깨달음을 얻을 수 있었지.'

우리는 길을 따라 걸었고 집 건물 전체를 나무로만 지은 기둥 위의 멋지고 큰 집에 도착했다. 큰 계단이 위층으로 이어졌고, 그 앞에는 아이들 몇 명이 잔디밭에서 놀고 있다. 나타퐁과 나는 아이들을 향해 곧장 걸어갔다. 그는 아이들 앞에 멈춰 서서 4살쯤된 작은 소년에게 물었다. 소년은 위를 올려다보며 무뚝뚝하게 대답했다. 나는 아이의 대답을 제대로 이해할 수 없어서 나타퐁에게 통역을 부탁했다.

"뭘 물어보셨나요?"

"왜 여기 잔디밭에서 놀고 있는지 물었지요."

나는 의심스러운 눈으로 그를 쳐다보았다.

"그래서 대답이 뭐였죠?"

나타퐁은 미소를 지었다.

"대답은 '그냥'이었습니다."

나는 웃음을 터뜨렸다.

"정말 무의미한 대답이네요. 하지만 아직 어리고 인생이 어떻게 돌아가는지 모르니까요."

그러자 나타퐁은 나를 옆으로 데려가더니 내 눈을 깊숙이 들여다보며 말했다.

"정반대입니다. 안드레아스."

우리는 아이들로부터 한 20미터 정도 떨어진 잔디밭에 앉았다.

"아이들은 삶이 무엇인지 지극히 단순한 방식으로 이해합니다. 바로 지금, 이 순간을 즐기는 것이죠. 나중이나 내일을 생각

누가 알겠어요?

하지 않습니다. 아이들은 자유롭습니다. 모든 것에서 자유롭죠. 사회가 아이들을 키울 때 성인들의 생각대로 키우다 보니 아이들은 가장 소중한 것을 잃게 됩니다. 자유, 여유로움, 삶의 기쁨 등을 말이죠."

나는 그를 바라보며 그가 옳다고 생각했다. 나는 그를 따라 천천히 일어났다. 우리가 다시 길거리로 돌아가는데, 그가 내 어깨를 손으로 가볍게 만지면서 내 눈을 바라보며 이렇게 말했다.

"노자가 말하기를,

'큰길은 매우 단순하지만, 사람들은 우회로를 좋아합니다.'"

나는 그 인용문이 마음에 들었다.

"대체 그 '우회로'가 정확히 뭔가요, 나타퐁?"

"안드레아스, 우회로는 무수히 많습니다. 다른 사람들과 자신을 비교하고 차이점을 찾을 때마다 말입니다. 모든 사람은 하나입니다. 그들을 구별하는 것은 사람들이 그들에게 부여하는 이름입니다."

"그게 무슨 뜻이죠?"

내가 물었다.

"안드레아스, 우리 둘은 서로 어떤 공통점이 있죠? 아니면 우리와 방금 놀았던 아이들과는 어떤 공통점이 있나요? 이 지구상의 다른 모든 사람과 당신은 어떤 공통점이 있을까요?"

209

나는 열심히 생각했지만, 떠오른 것은 단 하나의 답뿐이었다.

"우리는 모두 인간이라는 거죠. 하지만 저는 미국 원주민들과는 공통점이 많지 않다고 생각합니다. 우리는 완전히 다른 삶을 살고 있다고 생각합니다."

"그게 바로 비교입니다. 사람들은 서로 분리되어 있다고 생각하지만, 사실 모두 연결되어 있습니다. 당신은 모든 인간과 연결되어 있어요. 모든 인간은 창조의 일부이며, 모두가 함께 속해 있습니다."

나는 그를 바라보았고, 그는 미소를 지었다. 그리고 나는 오랫동안 마음에 품고 있던 생각을 질문했다.

"나타퐁, 당신의 가장 큰 행복은 무엇인가요? 여러 가지 측면이 있으니 설명하기 어렵겠지만, 한 문장으로 표현한다면 뭐라고 말씀하시겠습니까?"

나타퐁은 나를 향해 미소를 지으며 말했다.

"저는 저 자신과 평화롭게 살고 있습니다. 세상에서 이보다 더 큰 행복은 없습니다."

나는 그의 말을 매우 강렬하게 느끼고 감명을 받았다. 실제로 나타퐁은 자신과 평화롭게 잘 지내는 것처럼 보였다.

전 세계에 알리고 싶을 정도로 자유롭고 활기찬 기분이 들었다. 모두가 그것을 알아야만 하리라. 그러던 중에 내가 물었다.

"나타풍, 하지만 만약 정말로 안 좋은 일이 생기면 어떻게 해야 할까요? 예를 들어, 제 아내가 죽는다면요? 그러면 어떻게 대처해야 하죠?"

"아시다시피, 당신이 사는 독일에서는 사람이 죽으면, 많은 사람이 슬퍼하며 애도합니다. 왜 사람들이 애도할까요?"

"그들은 그 사랑하는 사람을 추모하기 때문이죠."

나는 확신을 가지고 대답했다.

하지만 나타풍은 미소를 지으며 고개를 좌우로 저었다.

"아니에요. 많은 사람은 충격에 빠집니다. 대개 예상하지 못하게 발생하기 때문이지요. 그런 상황에서 어떻게 대처할 수 있을까요? 예측해서 대처할 수 있을까요? 아니, 그럴 수 없지요. 그것이 바로 죽음의 비밀입니다. 죽음은 우리를 모두 기다리고 있지만, 우리는 죽음에 대해 전혀 알지 못합니다. 그래서 우리는 죽음을 두려워합니다. 생존에 대한 불확실성은 항상 침묵의 동반자이지요. 하지만 죽음에 대처하는 것은 매우 자유롭고 유익할 수도 있습니다."

"어떻게요?"

나는 이 주제에 대해 망설이면서 물었다.

"여기서는 죽음을 다르게 생각합니다. 사람들은 몸을 깨끗이 하여 모든 죄를 용서하고 죄에서 벗어나게 해달라고 간청합니다.

이렇게 하면 영혼이 그 자신의 길을 찾을 수 있다고 생각합니다. 보통 4명의 수도승이 참석하며, 영혼이 가는 길을 인도하기 위해 며칠 동안 기도합니다. 그런 다음 시신을 화장하고, 재는 대개 바다에 뿌립니다. 하지만 이곳 사람들은 울지 않습니다. 여러분이 배운 것과는 다른 애도일 뿐입니다. 당신의 모든 사고방식, 행동, 두려움은 언젠가 그렇게 학습된 것입니다. 당신이 몇 시간 비행기에 앉아 있으면 다른 좌석의 사람들도 각기 다르게 생각한다는 것을 알 수 있습니다."

나는 그의 설명이 매우 흥미로워 넋을 잃고 들었다.

"인생에서 어려운 일을 결정해야 할 때, 어떻게 대처하나요?"

나타퐁은 나에게 물었다.

나는 곰곰이 생각해 보고 이렇게 되물었다.

"당신이 말하는 것은, 어떤 관계를 끝내야 하는지, 아니면 새로운 일을 시작해야 하는지 그런 결정을 말씀하시는 건가요?"

나타퐁은 말없이 고개를 끄덕일 뿐이다.

"글쎄요, 저는 찬성과 반대 각각의 결정이 가져올 결과에 대해 생각합니다. 종종 사람들은 결정을 잘못 내리는 것을 두려워하고 또 나중에 후회하기도 하죠."

내 대답에 나타퐁은 답했다.

"우리 존재의 모든 비밀은 두려움을 가지지 않는다는 것입니다. 이제 당신이 지금 뭔가 결정을 내려야 할 일이 있다고 생각해 보십시오. 예를 들어, 현재 직장에 만족하지 못하고 이직해야 하는 상황에 직면했다고 가정해 봅시다. 당신은 의심도 해 보고, 여러 가지 이론도 생각해 보고, 머릿속에서 여러 가지 시나리오도 그려볼 것입니다. 과거로 돌아가 죽음을 맞이한다면 어떤 결정을 내릴 것인지에 대한 질문을 스스로 던져 보십시오. 그것이 당신의 대답입니다."

나는 그를 의심스럽게 바라보며 이렇게 말했다.

"하지만 임종할 때 어떤 특정 상황이 어떻게 끝났는지 이미 알기 때문에, 다른 결정을 하도록 스스로를 아주 쉽게 설득할 수 있습니다."

나타퐁은 고개를 끄덕이며 말했다.

"그게 중요한 게 아니에요. 중요한 건 두려워하지 않고, 자기 마음의 소리를 듣는 겁니다. 모든 인간의 삶은 어느 정도의 고통이 따릅니다. 때로는 이것이 우리를 깨달음으로 이끌기도 하지요. 우리는 모든 고통이 언젠가는 멈춘다는 것을 깨달아야 합니다. 한편 좋은 일도 언젠가는 멈춘다는 말이지요. 이것이 위대한 비밀입니다. 아무것도 남지 않습니다. 당신의 몸도, 소지품도, 소유물도, 재산도 남지 않습니다. 이 세상의 모든 것은 덧없는 것입니다. 자연이 보여 주고 있죠. 우리는 그저 바라보기만 하면 됩니다. 그러나 우리 인간은 종종 그것을 인정하려 하지 않아요. 제 생각에는 그게 이 세상 모든 고통의 원인입니다. 우리는 정신 차리고 깨달아야 합니다. 그와 관련한 이야기를 제가 하나 들려 드리고 싶습니다."

어느 왕국에 왕이 있었습니다. 그 왕은 자기 왕국의 모든 현자에게 이렇게 말했습니다.

"나는 완벽한 다이아몬드와 금, 백금으로 만들어진 역사상 가장 최고의 반지를 만들었노라. 이제 나는 현자인 그대들로부터 내가 곤궁에 처했을 때나 가장 커다란 절망 속에 빠졌을 때 사용할 수 있는 메시지를 원하노라. 메시지는 짧아야 하며, 내가 항상 지니고 다닐 수 있도록 내 반지에 딱 들어맞아야 하느니라."

모든 현자와 위대한 학자들은 긴 글로 쓰인 멋진 메시지는 지니고 있지만, 메시지를 몇 개의 짧은 단어로 설명하는 것은 불가능하다고 생각했습니다.

그런데 왕에게는 가족의 일원인 신하가 한 명 있습니다. 왕은 왕가를 위한 그의 희생을 소중하게 여겨 그를 하인으로 대하지 않았습니다. 왕은 그에게 말했습니다.

"내게 전할 말이 있느냐?"

그 늙은 신하는 이렇게 말했습니다.

"저는 현자도 아니고 배운 것도 없지만, 그 반지에 들어갈 수 있는 지혜는 알고 있습니다. 그 지혜는 단 하나뿐이거든요. 그것은 책에 기록되어 있지 않기 때문에 현자들과 학자들은 왕께 그것을 줄 수 없습니다. 그동안, 이 궁전에서 저를 대접해 주신 것을 매우 감사하게 생각하여 감사의 표시로 이 메시지를 드리겠습니다."

그는 작은 쪽지에 메시지를 써서, 쪽지를 접은 다음 왕에게 말했습니다.

"지금은 읽지 마십시오. 반지 속에 잘 넣어 두었다가, 가장 흥분되고 긴장될 때 비로소 꺼내 보십시오."

그때는 얼마 지나지 않아 곧 다가왔습니다. 왕국이 침략당했고, 왕은 왕국을 잃었습니다. 왕은 침략자들을 피해 말을 타고 도망쳤습니다. 적의 기병들이 그를 쫓아왔고, 그들은 수적으로 우세했습니다. 어느 순간 그는 완전히 혼자가 되었습니다.

그러다 그는 막다른 길에 도착했습니다. 그의 앞에는 거대한 벽이 솟아 있고, 울창한 숲이 그를 둘러싸고 있습니다. 탈출구는 없으며, 기병들이 그를 찾기만 한다면 그는 끝날 것입니다. 그는 적의 기병들 때문에 왔던 길을 돌아갈 수 없

는데, 이미 말발굽 소리가 들려왔습니다. 별다른 해결책이
없었습니다.

순간 그는 쪽지가 생각나서 반지 속에서 신하의 지혜가
적힌 쪽지를 꺼냈습니다.

"이 또한 지나가리라."

그 문장을 읽으면서 그는 매우 진정하였습니다.

"이 또한 지나가리라."

그를 쫓아오던 기병들은 다른 길로 가버렸고 왕을 찾지
못했습니다. 왕은 자기 신하에게 큰 고마움을 느꼈습니다.

그는 쪽지를 다시 접어서 반지에 넣었습니다. 얼마 후,
새로운 군대를 모집하여 왕국을 되찾았습니다.

승리를 거두고 자기 왕국으로 다시 돌아온 날, 그는 모든
백성으로부터 열렬하게 축하를 받았습니다. 그는 자신에게
큰 자부심을 느꼈습니다.

늙은 신하는 왕의 마차 옆을 걸으며 말했습니다.

"폐하, 지금이 바로 그 지혜를 읽을 적절한 시기입니다.
다시 한번 읽어 보십시오."

"그게 무슨 말인가?"

왕이 물었습니다.

"이제 더 이상 메시지가 필요 없지 않은가? 이미 내가 승

리했고, 왕국도 다시 내 것이 되었으니까 말이야. 백성들이 나를 축하해 주는 것도 보지 않았는가?"

"제 말을 잘 들으십시오."

늙은 신하가 말했다.

"이 메시지는 절망적일 때에만 해당하는 것이 아닙니다. 이 메시지는 풍요로울 때, 승리할 때, 성공할 때도 마찬가지로 적용됩니다. 패자일 때만이 아니라 승자일 때에도 적용됩니다. 꼴찌일 때뿐만 아니라 일등일 때에도 마찬가지입니다."

왕은 반지 속 쪽지의 지혜를 다시 읽었습니다.

"이 또한 지나가리라."

갑자기 그는 승리의 춤을 추는 군중들 한가운데에서 침묵할 수밖에 없었습니다. 그가 승리했다는 자부심이나 자존심은 사라졌습니다. 모든 것은 지나가는 법입니다.

왕은 늙은 신하에게 마차에 올라오라며 본인 자리 옆에 앉으라 했습니다. 그리고 그에게 물었습니다.

"모든 것은 지나가는 법이라고 한 그대 말이 이제 이해가 되는구나. 그대는 내게 전하고 싶은 메시지가 더 있는가?"

늙은 신하는 이렇게 말했습니다.

"모든 것은 지나가는 법이라는 걸 잊지 마십시오. 오직 당신만이 남아서 영원히 증인으로 남습니다. 모든 것은 지나

가지만, 당신은 남습니다. 현실입니다. 다른 모든 것은 꿈, 환상, 순간일 뿐입니다. 아름다운 꿈도 있고, 악몽도 있습니다. 그러나 그것이 아름다운 꿈이든 악몽이든 상관없습니다. 중요한 건 꿈을 보는 것입니다."

이렇게 '보는 것'이 유일한 현실입니다.

'이 또한 지나가리라.'

나는 드디어 그 말의 뜻을 이해했다.

"이 '본다는 것'이 무엇을 의미하는 것입니까? 우리의 영혼?"

나는 물었다.

나타퐁은 미소를 지으며 말했다.

"그렇습니다. 꿈은 지나가겠지만, 당신의 영혼은 계속 살아 있다는 의미입니다. 여기서 당신의 임무가 끝나면, 당신은 계속 이동할 것입니다. 당신은 소유물도 가져가지 않을 것이고, 업적도 가져가지 않을 것이고, 몸도 가져가지 않을 것입니다. 새로운 임무를 부여받고, 또 다른 삶의 기회를 얻을 것입니다. 당신은 새로운 임무를 시작할 수 있는 또 다른 우주를 찾게 될 겁니다. 우리에게 니르바나*Nirvana*는 마지막 단계입니다. 즉 깨달음을 통해 삶과 죽음의 영원한 순환에서 벗어나는 출구, 바로 '삼사라*Samsara*'에서 벗어나는 단계입니다. 깨달음을 통해서 말입니다. 탐욕, 증오와 집착 같은 잘못된 생각으로 인한 고통이 끝나는 것입니다."

나는 깊이 이해하고 깨달았다. 내가 이뤄낸 성공, 재산, 내가 성취한 모든 것이 유한하다는 것을 깨달았다. 내 삶도 유한했다. 안드레아스도 유한했다. 내 모든 소유물, 성공, 직함, 그것들은 내가 아니었다. 아니, 그보다도 더 많은 것이 나에게 주어졌으며 모든 게 유한하다는 사실을 알았다.

이 이야기가 끝나고 우리는 다시 사원으로 돌아왔다. 나는 시간 가는 줄도 몰랐고, 한편으로는 이미 오래전에 마음속 깊이 내린 결정에 대해 믿을 수 없을 정도로 흥분했다. 인생에서 실제로 중요한 것이 무엇인지 깨달았고, 매일 더욱더 강렬하게 느꼈다.

그날 오후, 나는 돌로 된 벤치에 앉아 지난 몇 주를 돌아보았다. 내가 경험한 모든 것, 배운 모든 것, 그중 일부는 고통스럽게 배웠지만 그 모든 것을 잊을 수 없다. 아니, 나는 그 모든 것을 다시 잊고 싶지 않았다. 나는 내가 살아온 사치스러운 삶과 다른 사람들에 대한 나의 태도를 반성했다. 그리고 자연과 조화를 이루고 나 자신과 조화를 이루는 삶이 유일하게 진정한 삶이 될 수 있다는 것을 마음속 깊이 깨달았다.

나는 아무런 소유물이나 욕심도 없이 벤치에 앉았다. 거기서 나는 완전히 자유로운 상태였고 만족스럽고 행복했다. 그 순간 나는 아무런 심사숙고 없이 이것이 나의 길이라는 것을 깨달았다. 내 삶의 임무는 깨달음을 얻고, 늘 감사하며 살고, 사람들의 출신, 외모, 성격과 관계없이 모든 사람을 소중히 여기는 것이어야 한다는 것을 깨달았다.

금요일, 정확히 말해 5월 3일, 그때 나는 다시 독일로 돌아가지 않기로 했다. 내가 결정을 내렸다기보다는, 그 결정이 나에게로 왔고, 나는 그것을 느꼈다. 다시 말해, 그 결정은 의식적으로 내린 것이 아니라, 그냥 저절로 내려진 것이다.

내 친구 나타퐁이 자주 말했던 것처럼

'이미 오래전에 결정된 것을 당신은 오늘에서야 보는 것이다.'

나는 그날을 어제의 일처럼 생생하게 기억할 수 있다. 오후의 태양은 놀랍도록 뜨겁고 강렬했다. 나는 나무와 나무 사이를 날아다니는 수많은 새를 보았다. 내 뒤에는 이제 내 집이 되어버린 인상적인 사원이 보인다. 하늘에는 구름 한 점 없다. 나는 오롯이 나 자신과 함께했다. 그 순간, 나는 그 어느 때보다 기분이 좋았다.

그날 느낀 감정은 세상의 그 어떤 보물과도 비교할 수 없는 것이다. 얼마나 행복하고 활기가 넘쳤는지, 그리고 내 삶을 완전히 바꿀 수 있다는 것에 대해 조금의 두려움도 느끼지 않았다. 불과 몇 주 전까지만 해도 내가 세상에서 가장 소중하게 여겼던 모든 것을 밖으로 던져버릴 수 있었으니까.

나는 술에 취한 듯 나타퐁에게 달려가 내가 스스로 결정한 것을 그에게 얘기하고 싶었다.

"나타퐁, 얘기하고 싶은 게 있어요!"

나는 소리쳤다.

그는 웃기 시작했다. 그리고 내 말을 가로막으며 대답했다.

"안드레아스, 알고 있어요."

그러자 나도 웃기 시작했고, 그가 내 결정을 이미 예감하고 있다는 것을 알았다. 아마 그는 나보다도 먼저 알고 있었을 것이다.

어느 날, 나타퐁과 사원 정원에 서 있는데, 정원 입구에서 사람의 목소리가 들렸다.

"이제 당신의 차례입니다."

나타퐁은 내 어깨에 손을 얹으며 말하면서 그윽한 눈빛을 보냈다. 나는 입구로 걸어갔고, 관광객처럼 보이는 세 사람이 계단 아래에서 기다리고 있다. 수년 전 관광객 신분으로 이곳을 방문했던 내 모습과 닮았다.

한 젊은 남자가 계단을 올라오다가 내 앞에 멈췄다. 나는 주황빛 승복을 입고 맨발로 그 앞에 서서 그를 빤히 쳐다보았다. 그는 조금 긴장한 듯이 말했다.

"안녕하세요. 저는 토마스입니다. 저희는 프랑스에서 왔고, 한 달간 이 사원에 머물 겁니다. 우리가 제대로 찾아온 걸까요?"

나는 내 친구 나타퐁과의 첫 만남이 떠올랐다. 뜨거운 햇볕이 무자비하게 내리쬐었고, 그때의 나처럼 짐을 가득 메고 땀에 흠뻑 젖은 채 오른쪽 오솔길로 열대 우림을 헤쳐 나가는 세 사람의 모습이 보였다.

나는 그를 몇 초간 그냥 바라보며 미소를 지었다.

"그 누가 알겠습니까?"

누가 알겠어요?

뒷날의 기록

독일로 돌아가서 예전과 같은 삶을 살지 않기로 결심한 후에, 나는 아내에게 전화를 걸어 사과했다. 아내는 나를 용서했고, 나도 아내를 용서했다. 그다음에는 딸에게 전화를 걸어 그녀를 사랑한다고, 언제나 그녀의 편에 있을 것이라고 말했다. 나는 마르타, 요헨, 린다 그리고 나의 모든 지인에게도 차례로 전화를 걸어 그들이 내 삶의 일부라는 사실에 감사하고 그들을 사랑한다는 말을 전했다. 나는 내 변호사와 세무사에게 내 집을 가정부인 마르타에게 양도하고 그녀가 죽을 때까지 거기서 걱정 없이 살 수 있도록 하라고 지시했다. 내 차는 운전기사 요헨에게 선물로 주었다.

나는 회사 경영을 관리자나 최고 실적을 낸 직원에게 맡기지 않았다. 대신, 지금도 그 자리를 지키고 있는 린다에게 경영권을 넘겼다. 또한, 모든 자산을 사원과 카오야이의 국립공원, 그리고 마을 주민들에게 기부했다. 이것이 바로 내가 사회에 환원하는 방식이다. 그리고 우리는 새로 도로를 건설하고, 나무를 심고, 열대 우림의 멸종 위기종을 매일 보호하고 있다. 나는 회사 지분을 유지하면서 연간 배당금을 받아, 내게 진정한 삶을 보여 준 멋진 사람들을 위해 사용했다. 나는 지금 수랏타니 계곡 기슭에 있는 작은 카페에서 이 글을 쓰고 있다. 현재 태국에서 7년 넘게 사원의 수도승들, 그리고 마을 사람들과 함께 살고 있으며, 내 인생에서 가장 행복한 안드레아스가 되었다.

내 이야기는 이곳 카페에서 끝나지만, 내 삶은 7년 전 이곳에서 시작되었다.

나는 행복합니다. 그리고 감사합니다.

역자의 말

진부한 얘기로 역자의 말을 시작한다.

"빨리! 빨리!"

우리에게 너무도 익숙한 말이다. 하루에도 많게는 수십 번을 듣는다. 그럴 만도 하다. 사회관계망 서비스(SNS), 인공지능(AI) 등 우리를 둘러싼 현대 문명은 속도를 최고의 선으로 삼고 있기 때문이다. 그러기에 우리는 낙오자가 되지 않기 위해 어쩔 수 없이 속도 경쟁에 편승하고 있다. 그러던 어느 날 문득 자신의 무력함과 무의미함을 깨닫는다. 화창한 날이든 비 오는 날이든, 출퇴근길이든 등하굣길이든 상관없다. 이 깨달음은 급기야 자신의 패배 의식과 결부된다.

'기울어진 운동장이구나! 그것도 절벽같이 기울어진….'

이와 같은 현대인의 전형적인 모습을 독일의 탁월한 젊은 학자가 예리하게 통찰하여 우리의 폐부를 찌르고 있다. 마치 어제까지의 내 일상인 것 같다. 기시감마저 든다. 우리는 모두 참 열심히 산다. 파란 하늘 한번 쳐다보지 못하고 산다. 행복이라는 추상적인 단어에 현혹되어 마치 미래에는 그 행복을 찾을 것 같다고 착각한다. 그런데 그런 게 아니었다. 우리 삶의 궁극적 목표는 행복이지만 그 행복을 찾는 방법이 잘못되었다. 미래가 아니라 현재다. 그것은 바로 이 책의 내용과 같은 작은 '마음 챙김*Mindfulness*'이다.

이 글은 실화를 바탕으로 심리학자 율리안 헤름젠이 그의 가장 친한 친구이자 특별한 수도승에 대해 이야기한 것이다.

태국 열대 우림의 한 불교 사원은 항상 스트레스에 시달리는 백만장자 안드레아스의 인생에 하나의 전환점이 된다. 3주 동안 일상에서 벗어나 단순히 휴식을 취할 계획이었지만, 그는 그곳에서 아주 특별한 사람을 만나게 된다. (이 대목은 유명한 토마스 만의 『마의 산』의 전체 줄거리와 비슷하다. 3주 예정의 방문이 무려 7년이나 지속하게 되고 결국 주인공의 내면 성장으로 끝나는 전형적 독일의 장편소설 말이다.) 백만장자 안드레아스는 주지승인 나타퐁을 만난다. 승려의 수장인 나타퐁은 그와 대화를 나누며 행복, 사랑, 부, 마음 챙김, 성공, 교육, 삶의 의미에 대한 획기적인 이론을 가르친다.

"행복해지고 싶다고 말했죠? 그럼 감사한 마음을 지니세요. 우리 삶은 항상 다른 사람의 선함과 친절함에 달려 있습니다. 먼저 감사해야 합니다. 첫걸음을 내딛으세요, 그러면 사람들이 당신을 따라올 것입니다."

"운명이란 초자연적인 운명과 비슷한 것을 의미하지는 않습니다. 운명은 분명히 일어날 것입니다. 하지만 당신은 운명을 결정적으로 형성할 수 있습니다. 당신의 생각 행동을 통해서 말이지요. 그것이 카르마입니다. 항상 원인과 결과에 근거합니다. 삶의 모든 것에는 결과가 있습니다."

몇몇 젊은 남자들이 한 현자를 찾아와서 이렇게 물었습니다. "현자님, 당신은 왜 항상 그렇게 행복하고 평온하십니까? 저희에게도 행복하고 평온할 방법을 가르쳐 주십시오."
현자는 대답했습니다. "저는 식사할 때는 식사하고, 앉을 때는 앉아 있습니다. 걸을 때는 걷고, 마실 때는 마실 뿐입니다."

젊은이들은 서로를 의아한 표정으로 바라보았습니다. 그 중 한 명이 말했습니다. "저희도 그렇게 합니다. 저희도 먹고, 앉고, 걷고, 마십니다. 그런데 왜 저희는 행복하지 않습니까? 저희도 똑같이 하고 있는데요."

같은 대답이 현자에게서 나왔습니다. "저는 식사할 때는 식사하고, 앉을 때는 앉고, 걸을 때는 걷고, 마실 때는 마십니다." 젊은 남자들은 여전히 의아한 표정을 지었습니다.

그러자 현자는 이렇게 덧붙였습니다. "맞아요. 여러분도 이 모든 것을 합니다. 먹고, 앉고, 걷고, 마십니다. 하지만 여러분은 앉아 있을 때 이미 일어날 생각을 하고 있습니다. 걷는 동안에도 이미 도착하는 것을 생각하고 있습니다. 마시는 동안에는 어떤 음식을 먹을지 생각합니다. 그래서 여러분의 생각은 지금 여러분이 있는 곳이 아니라 끊임없이 다른 어딘가에 있습니다. 인생은 '지금, 이 순간에만' 일어납니다. 지금, 이 순간에 집중하면, 여러분도 진정으로 행복하고 평온해질 수 있습니다."

수도승이 가르치는 이와 같은 말들은 본문에서 거의 페이지마다 나온다. 수십 권의 책을 번역한 역자로서 이렇게 몰입한 경우는 처음이었다. 책을 읽는 내내 감동의 소용돌이에 빠져들어 단숨에 책 한 권을 다 읽어버렸으니 말이다.

인생의 가장 중요한 질문에 대한 답을 통해 백만장자 안드레아스의 휴가 여행은 마침내 건강한 영혼을 찾는 감동적인 여행이 된다. 모든 소유물을 스스로 포기하고 다른 차원의 삶을 살도록 유혹하는 통절한 경험은 과연 무엇일까?

인생의 본질적인 질문에 대한 해답과 행복한 삶을 위한 매혹적인 명언을 독자 여러분도 이 책에서 찾아보길 바란다. 부디 이 여행에 동참하시길!

2024년 5월
윤순식, 윤태현

역자의 말

윤순식

부산에서 태어나 서울대 인문 대학 독문과와 대학원을 졸업하고 동 대학원에서 박사 학위를 취득했다. 공군사관학교에서 독일어 전임 교수를 역임했고, 독일 마르부르크 대학에서 수학했다. 박사 후 연수(Post-doc) 과정으로 베를린 훔볼트 대학교에서 현대 독문학을 연구했고, 오랫동안 서울대학교에서 강의했으며, 한양대학교 연구 교수, 덕성여자대학교 교양학부 교수를 역임했다. 현재 홍익대학교 독어독문학과 교수로 재직 중이며 전 한국토마스만학회 회장이다. 제18회 한독문학번역상(제11회 시몬느번역상)을 받았고, 대중을 위한 공개 강연도 자주 하고 있다.

http://www.pressian.com/news/article.html?no=115079

「병과 문학」, 「문학과 정치」, 「문학과 음악」, 「근대 독일 문학 작품에 나타난 자본주의 경제」 등 30여 편의 논문을 위시하여, 저서에는 『'마법의 산' 읽기』, 『아이러니』, 『토마스 만』, 『전설의 스토리텔러 토마스 만』, 『토마스 만의 생각을 읽자』, 『헤르만 헤세의 생각을 읽자』, 『프란츠 카프카의 생각을 읽자』, 『이해와 소통 글쓰기』, 『괴테 사전』, 『최강 독일어』 등이 있으며, 역서로는 『내가 아는 나는 누구인가』(공역), 『교양』(공역), 『정신병리학 총론』(공역, 전 4권), 『역사의 지배자』, 『작약등(芍藥燈)』, 『아이 사랑도 기술이다』, 『마의 산』(전 3권), 『변신』, 『괴테, 토마스 만, 니체의 명언들』, 『로스할데』, 『나르치스와 골드문트』, 『토니오 크뢰거』, 『베네치아에서의 죽음』, 『독일 전설』(공역, 전 2권), 『사기꾼 펠릭스 크룰의 고백』, 『차라투스트라는 이렇게 말했다』 등 다수가 있다.

윤태현

서울에서 출생. 독일 괴팅겐 대학교 경제학과를 졸업하고 함부르크 대학원에서 경영학을 공부했다. 학창 시절 독일에서 7년을 보냈고, 2018년 대한무역투자진흥공사(KOTRA)에 입사하여 현재 독일 함부르크 무역관에서 파견 근무 중이다. 입사 전 언론사에서 잠시 근무한 이력을 살려 현지 교포 신문 등에 정기적으로 기고하며, 틈틈이 독일어 번역 작업도 하고 있다.

백만장자와 수도승

초판 1쇄 발행 2024년 5월 31일

지은이	율리안 헤름젠
옮긴이	윤순식, 윤태현
펴낸이	양진화
책임 편집	김종수
편집	이가은, 여수진
디자인	강산비
펴낸곳	(주)교학도서
공급처	(주)교학사

등록	2000년 10월 10일 제 2000-000173호
주소	서울 마포구 마포대로 14길 4
대표 전화	02-707-5100
편집 문의	02-707-5271
영업 문의	02-707-5155
전자 우편	kcs10240@hanmail.net
홈페이지	www.kyohak.co.kr

ISBN 979-11-89088-36-1 03850